徳間文庫

チェリーに首ったけ！

草凪　優

徳間書店

目次

第一章　気持ちがいいって言ってごらん

1

恥ずかしいなあ、もう……。

坂井《さかい》拓海《たくみ》は泣き笑いのような顔でカウンターの中に立っていた。

ここは先輩の経営するバー〈筋肉野郎〉。人手が足りないから一週間ほど手伝ってくれと頼まれ、昨日から働きはじめた。先輩にはお世話になっているので、手伝うのはかまわない。意外なほど時給がよかったから、臨時ボーナスが出るような歓《よろこ》びもある。

しかし……。

ここはただのバーではなく、〈筋肉野郎〉という名前の通りマッスルバーだった。今日はマスターと拓海のふたりしかいないが、他の従業員ももれなく筋肉ムキムキのマッチョマンらしい。筋肉がよく見えるように、ピチピチのタンクトップ一枚で接客するのが店のルールだ。

当然、拓海もそれなりに見栄えのする筋肉を身につけていた。まだ細マッチョのレベルだが、それでもタンクトップ一枚になれば筋トレに励《はげ》んでいることが誰にでもわかるだろう。もともと運動は苦手で、映画やドラマをこよなく愛するインドア派なのだが、通販サイトで間違えてバーベルをポチッてしまったばかりに、筋トレに嵌《は》まるようになり、いまでは週に四、五日もジムに通っている。

筋トレは、成果が眼に見えてわかるところがいい。地道な努力が成果に繋《つな》がる世界が、拓海は好きだ。決してムキムキを自慢したいがためにやっているのではない。普段はむしろ筋肉を隠《かく》すような、ゆったりめの服を着ることさえ心掛けているのだが、伏し目がちな映画オタクだった拓海を立派なマッチョマンに育ててくれたのが、他ならぬこの店のマスターだった。

名前を馬道和夫《うまみちかずお》という。ジムではトレーナー並みにアドバイスしてくれる。明

る く朗《ほが》らかでいい人なのだが、酒が入るとちょっとついていけないところもある。

「どう？　彼、坂井拓海くん。なかなかいい体してるでしょ。二年がかりで私が鍛《きた》えあげたのよ。最初にジムで会ったときは、オタク丸出しのぽっちゃりおデブちゃんだったんだから」

馬道は、カウンター席にずらりと並んだ女たちに向かって得意げに胸を張った。マッスルバーという性格上、客はほとんど女ばかりらしい。考えてみれば当たり前だ。男の筋肉を見ながら酒が飲みたいなんていう男は激レアさんである。

「普段はスーパーの野菜売り場で働いているんだけど、今週はみんなの休みが重なっちゃってねえ、無理言って来てもらったのよ」

「ずいぶん若いみたい」

客のひとりが言うと、馬道は皆まで言うなという勢いでうなずいた。

「まだ二十二歳。いいわよね、初々《ういうい》しくて」

馬道は五十を過ぎている。顔には年相応の皺《しわ》があり、頭髪にも白いものが交じっているが、筋肉の量だけは拓海の倍もあるので、ちょっと異様な感じがする。しかも、口調にはちょっとオネエっぽさまで入っている。

「拓海くん、彼女いるの？」

先ほどとは違う客が訊《たず》ねてきた。

「それがね、ちょっと聞いてよ」

馬道はさも嬉《うれ》しそうに頰《ほお》をゆるめた。

「この子、二十二歳にもなって童貞なのよ。彼女どころか、生まれてからまだ一回もエッチしたことないんだって」

ええっ？ と客席はざわついたが、拓海は涼しい顔でスルーした。いつものことだからだ。ジムの飲み会でも、馬道は決まって拓海の童貞をいじってくる。なにが楽しいのか、毎回毎回……。

「まあね、いまどきの子は傷つくのを怖《こわ》がって恋愛だって遠ざけてる、なーんて話はよく聞くわよ。でもねえ、恋愛は面倒でも、セックスは本能でしょ。彼女はいらなくてもエッチはしてみたい、って普通は思うんじゃないかしら？」

客席の女たちはうんうんとうなずいている。平均年齢が四十歳くらいなので、その程度の下ネタに引いたりはしない。むしろ身を乗りだしてくる。

「だけど彼は、そんなことないって言うのよねー。性欲はあるけどオナニーで充分ですなんて真顔で主張するわけ。で、こうやって童貞をいじってもどこ吹く風でしょ。童貞ですがなにか？　って言わんばかり。苛々《いらいら》しちゃうわよね。からかい甲斐《がい》がないというか……羞恥心《しゅうちしん》が欠落してるんじゃないかしら？　あんたね、二十二歳でまだ童貞っていうのは恥ずかしいことなのよ？」

拓海にだって羞恥心くらいあった。いくらお世話になっている先輩とはいえ、オナニーのくだりはあんまりだ。あとで厳重抗議しようと思ったが、童貞に関して言えば恥ずかしくないのは本当だった。

もちろん、拓海だって彼女は欲しい。できることなら、映画のようなドラマチックな恋をしてみたいと、ひそかに思いつづけている。ネットのマッチングサイトを使えば、彼女のひとりやふたり、すぐにできると誰もが言う。実際そうなのかもしれないが、そんなふうに安易に手に入る恋は本当の恋じゃない気がする。

それよりも、いまは自分を鍛えておきたい。なにも、馬道のようなバケモノクラスの筋肉が欲しいわけではない。そうではなく、ストイックに筋トレに励んでいれば、いつか神様が天使のような恋人を届けてくれる気がするのである。

「わたし、童貞って興味あるな」

目の前の客が、ポツリと言った。

「なんだったら、わたしが筆おろししてあげてもいいわよ」

どよめきが起こった。彼女がカウンターに並んだ客の中でもひとりだけ若く――といっても二十七、八だろうが――、顔立ちがいちばん美しい女だったからだ。栗色《くりいろ》のふわふわした長い髪に、白い小顔。派手な花柄のシャツを涼やかに着こなしているところなんて、ファッション雑誌に載《の》っている読者モデルみたいだ。

「ちょっと菜々子《ななこ》ちゃん……」

馬道が、メッという顔で睨《にら》んだ。

「うちの若い子を誘惑しないでもらえるかしら。あんたみたいな魔性な女で初体験なんかしたら、この子の人生狂っちゃうわよ」

「魔性の女はひどいな」

「まあ、お互いに冗談はほどほどにしましょうってこと」

「冗談じゃないですよ」

菜々子と呼ばれた女は、真顔で馬道に返すと、ゆっくりと拓海に視線を移してきた。長い睫毛《まつげ》が卑猥《ひわい》だった。

「ねえ、どう？　あなたの童貞、おねえさんが食べちゃってもいい？」

言ってから、口許《くちもと》だけで意味ありげに笑った。真っ赤な口紅が塗《ぬ》られた分厚い唇が、妖《あや》しいくらいにエロティックだった。

拓海は彼女のようなタイプが嫌いではなかった。長い睫毛が卑猥で、赤い唇がエロいからではない。

菜々子は誰が見ても華やかな美人で、それをしっかり自覚していて、人前で男を口説《くど》くほど自信にあふれている——映画やドラマにおいて、そういう女は当て馬になると相場は決まっているからだ。いつだって主人公が選ぶ女は、不器用で意地っ張りだけれども主人公を一途《いちず》に思っている化粧《けしょう》の薄い清純派なのである。

拓海は、そういう類《たぐ》いの物語に接するたびに思っていた。当て馬にされた派手な美人はいったいどうなってしまうのだろう、と。浴びるように自棄酒《やけざけ》を飲み、ゆきずりの男と寝てしまうのか、あるいは身のまわりの清純派に八つ当たりして溜飲《りゅういん》をさげるのか、はたまた男嫌いのサイコキラーになって連続殺人事件でも起こすのか——いずれにしろ、清純派の不器用ガールにフォーカスしているよりよほど濃ゆい展開が期待できそうなのに、世の映画やドラマは当て馬のその後を描こうとしない。

「どうなのよ?」

菜々子がまっすぐにこちらを見て訊ねてくる。高貴な猫のようなアーモンド形の眼が、凛《りん》として輝いている。その堂々とした態度に、横に並んだ他の客はもちろん、馬道まで固唾《かたず》を呑《の》んで話の行方を見守っている。

「おかわりつくりましょうか」

拓海は菜々子の隣に座っている客のグラスを取り、水割りをつくった。要するに、菜々子の誘いは完全にスルーした。

当たり前である。

からかわれているとわかっていて話に乗るほど、拓海は愚《おろ》かな男ではなかった。ここはマッスルバーであり、ホストクラブではない。上から目線でセクシャリティをいじってくる女にまで尻尾を振らなければならないとしたら、さすがに時給が安すぎる。

2

深夜一時。

拓海は〈筋肉野郎〉を出て帰路についた。

終電の時間は過ぎてしまっているが、自宅アパートまで歩いて四十分ほど。酒場の熱気にあてられて火照《ほて》った心身をクールダウンするには、ちょうどいい距離である。幸い今夜は花冷えではなく、春を感じさせる生暖かい夜風が吹いている。帰りがてら、夜闇に舞う桜吹雪《さくらふぶき》を見物をするのも一興かもしれない。

ところが……。

気合いを入れて歩きはじめたところで、ふらりと出てきた人影に道を塞《ふさ》がれた。

レモンイエローのスプリングコートに、踵《かかと》の高いアンクルブーツ。

先ほどの女――菜々子だった。

「なっ、なんですかっ……」

拓海は思わず後退《あとずさ》った。菜々子が近づいてくる。表情が険《けわ》しい。アーモンド形の眼が吊《つ》りあがっていた。怒っているようだが……。

筆おろし云々《うんぬん》の話のあと、拓海にスルーされた菜々子は歯軋《はぎし》りしながら拓海を睨《にら》み、そそくさと勘定《かんじょう》をすませて店を出ていった。もう二時間も前のことだが、あれからずっと待っていたのだろうか。

「わたし、傷ついた」

眼を吊りあげたまま、ポツリと言った。

「人前であんなふうに拒否られて、死ぬほど恥ずかしかったんだから。わたし、フラれたことだって一回もないのに」

「いや、それは……」

あなたが人前で口説いてくるから……いや、からかってきたからいけないのではないか、と拓海は思ったが言えなかった。菜々子の瞳《ひとみ》に涙が浮かんでいたからだ。傷ついたというのは、本当なのかもしれなかった。たしかに、人前であんなふうに無視したら、傷ついてしまうかもしれないが……。

「ちょっと来なさい」

菜々子に腕を取られ、ビルとビルの隙間《すきま》に連れていかれた。

「どっ、どうしてこんなところにっ……」

「誰かに見られたら困るでしょ」

なるほど、店にはまだ馬道が残っていた。一緒に残っている常連数人と飲みにいくと言っていたから、みんなで店から出てくればばったり会ってしまう。暗い夜道で男と女がこそこそ話していたら、よくない噂《うわさ》がたつかもしれない。

とはいえ、狭い空間で向きあっているので、菜々子の顔が近かった。息がかかりそうなほどの距離である。間近で見ると、菜々子の顔の美しさに圧倒された。眼鼻立ちの端整さは名人が彫った彫刻のようで、真っ赤な唇がセクシーすぎる。たしかに、これだけの美貌ならフラれたことなど一度もないだろう。人前で自信満々に口説いてきたのもよくわかる。

「わたし、本気だったんだから……」

耳元でささやかれた。咎《とが》めるような口調なのに、声音《こわね》はどこか甘かった。表情も、眼を吊りあげて瞳に涙を浮かべるという、複雑なものだ。

「勘違いしないでね。べつにあなたにひと目惚《めぼ》れしたわけじゃないから。そうじゃなくて、童貞とセックスがしてみたいの。いままでそれなりに経験を積んできたけど、童貞の筆おろしだけはしたことがないから……」

どう答えていいか、拓海にはわからなかった。菜々子のような美人にそんなことをささやかれ、喜ばない男のほうがおかしいだろうか？　年上の女が嫌いというわけでもない。むしろ好きだ。

なのに素直に喜べない。現実感がないからだった。からかわれているという感覚から、どうにも抜けだせないのである。それではひとつよろしくお願いしますとこちらがその気になった瞬間、「冗談に決まってるでしょ」と笑いものにされる気がしてならない。

「うちに行きましょう」

菜々子が耳元でささやいてくる。ささやくたびに身を寄せてくるので、体の前面と前面が、もうほとんど密着している。胸の隆起の柔らかさが、服越しに伝わってきて息もできない。

「タクシーですぐだから……ね、行きましょう」

腕を取られても、拓海は動けなかった。彼女の誘いを拒否したいからというより、金縛《かなしば》りに遭《あ》ったように動けなくなってしまっていた。

「……なによ？」

菜々子が眉《まゆ》をひそめた。

「自信なくなっちゃうなあ。わたしって、そんなに魅力ない？」

「いっ、いいえ……」

「じゃあなによ？　まさか、童貞は好きな人に捧《ささ》げたいの？　そんなこと言ってたら、一生童貞よ。はっきり言って、童貞には恋をする資格だってないんだから」

ずいぶんな言われようだったが、拓海はなにも、菜々子に童貞を捧げるのが嫌なわけではなかった。彼女が本気であるなら……からかっていないのなら……ぜひともお願いしたいのだが……。

「ねえっ！　ちょっと！　どうして動かないのよ。いつまでこんなところにいるつもり？　さっさとタクシーでわたしのうちに……」

そのとき、遠くから笑い声が聞こえてきた。馬道と常連客たちに違いなかった。

菜々子が反射的に拓海の胸に顔をうずめた。自分も顔を隠さなければならないと焦《あせ》った拓海は、菜々子を抱擁《ほうよう》するしかなかった。抱擁し、道に背中を向けた。

笑い声が近づいてくるにしたがって、抱擁は熱を帯びていった。顔を隠すためには抱きしめるしかなかったし、菜々子も菜々子でしがみついてくる。なんとかやり過ごさなければならないと、このときばかりはふたりの思惑《おもわく》は一致していた。すぐ側《そば》を人が通る気配がした。拓海は背中を向けたまま動かなかった。なんとか気づかれないまま、笑い声が遠ざかっていく。ホッとしたのも束《つか》の間《ま》、拓海はもう少しで叫び声をあげてしまいそうになった。

股間をむんずとつかまれたからだ。もちろん、つかんだのは菜々子である。つかんだだけではなく、もみもみと揉《も》みしだいてくる。拓海は自分の顔から血の気が引いていくのを感じた。

なにをするんですかっ！　と声を出せば、馬道に気づかれてしまうだろう。一瞬頭をよぎったのは、わざとではないかもしれない、ということだった。熱い抱擁を装《よそお》うはずみで、つい……いや、違う。あきらかに菜々子は、そこが男の性感帯だとわかっていて揉んでいる。

童貞の拓海にとって、自分以外の手で触れられたことがない場所だった。とても敏感で、取り扱いに注意しなければならないところだった。菜々子もそれはわかっているようで、力まかせに揉みくちゃにしてきたわけではない。むしろいやらしいくらいのソフトタッチで、ブリーフの中で眠っている本能を呼び起こそうとしてくる。

気がつけば勃起《ぼっき》していた。

すさまじく気まずい状況になってしまった。

菜々子が顔をあげ、上眼遣《うわめづか》いで見つめてくる。勝ち誇ったような眼つきで笑い、一方の拓海は勃起しながら泣きそうな顔になった。こんな状況で勃起などしてしまった自分を、ぶん殴《なぐ》ってやりたかった。

限界まで顔をひきつらせ、額に脂汗《あぶらあせ》まで浮かべている拓海に、菜々子は顔を近づけてきた。次の瞬間、チュッと音をたててキスされた。

眼を白黒させている拓海に、

「童貞でも、キスくらいはしたことある?」

菜々子が小声でささやいてくる。

拓海は首を横に振った。はっきり言って、キスはもちろん女の子と手を繋いだことさえない。つまり、二十二年間の人生において、いまが自分史上もっとも異性の体と接近していることになる。

「ふふっ、ファーストキスだった？　ごちそうさま。思い出に残るようにもっとじっくりしてあげるね……」

再び唇が重ねられた。今度は一瞬の出来事ではなかった。菜々子は唇と唇を密着させたまま、舌を差しだしてきた。なにもできない拓海を導くように、菜々子の舌先が拓海の唇の合わせ目をなぞる。何度もなぞられているうちに自然と口が開いていくと、菜々子の舌はためらうことなく口内に侵入してきた。こわばっている拓海の舌をからめとり、ねっとりと舐《な》めまわしてきた。

拓海は完全に頭に血が昇ってしまった。熱でもあるようにぼうっとし、立っている感覚がなくなった。唯一、股間にだけは感覚があった。痛いくらいに勃起していた。菜々子の手指はキスの間ももみもみと動いて、男の器官を執拗《しつよう》に愛撫《あいぶ》してきた。

ようやく唇が離された。驚いたのは、菜々子の表情だった。彼女もまた、熱でもあるようにぼうっとしていた。夜闇に浮かんだ、生々しいピンク色に染まった双頬がたまらなくいやらしかった。

「キスも初めてなら、フェラなんてもちろんされたことないわよね？」

拓海はうなずくことさえできなかった。綺麗《きれい》な顔をして、フェラなんて言っていいのかと思った。なにも答えなくても、菜々子はすべてをお見通しという眼つきをしている。

「してあげるわよ。いまチュウしたときみたいに、オチンチンも舐めてあげる。わたし、けっこうフェラ好きだし」

ささやきつつも、股間をまさぐる手指は動きつづけていた。カチンカチンになった肉竿《にくざお》を撫《な》でまわし、握りしめ、すりすりとしごこうとさえする。ズボンを穿《は》いているのでしごくことはできなかったが、ズボンを脱ぎ、ブリーフをさげた暁《あかつき》に、なにをされるのかリアルに想像できてしまった。しかも、手コキだけではなく、フェラまでしてくれると菜々子は言っているのだ。

「なんならここでしてあげてもいいけど……」

菜々子は唇をOの字にひろげ、その内側をピンク色の舌でなぞった。

「デビュー前に、野外フェラなんてイケてるわよね。どうする？　舐めてほしい？　この場でチュパチュパしてほしい？」

拓海は夜闇の中で妖しく蠢《うごめ》いている、菜々子の真っ赤な唇から眼が離せなかった。いままで意識したことがなかったが、女の唇というのは、なんといやらしい形をしているのだろうと思った。いやらしい形と動きを……。

3

三十分後。

拓海は菜々子の部屋にいた。

コーポというかハイツというか、マリンブルーの可愛い建物の二階で、間取りは1LDK。白とピンクで飾られた室内は、ちょっと幼い感じもしたけれど、いかにも女のひとり暮らしという雰囲気だった。しかも、女の匂《にお》いが充満していた。香水とかアロマとか、そういう関係もあるのかもしれないけれど、菜々子自身の匂いもたくさん混じっているに違いない。

拓海はピンク色の絨毯《じゅうたん》の上で正座していた。目の前には白い革張りのソファがあるが、座る気にはなれなかった。菜々子はいま、シャワーを浴びている。間こえてくるお湯のはじける音が、胸をざわめかせてしかたがない。

自分はこれからいったいどうなってしまうのだろう？　ビルの隙間でフェラをされそうになり、「それだけは勘弁《かんべん》してください」と涙ながらに哀願すると、「なららうちに行きましょう」という展開になってしまったのだった。

菜々子は完全にその気のようだった。

もはやからかわれているという不安はなかったが、先ほどから体の震えがとまらなかった。からかわれているのではないとしたら、これから生まれて初めてのセックスをするのである。

正直、怖かった。

セックスなんて誰もがやっていることだし、相手に不足があるわけでもない。恋愛感情の不在だけは残念だが、それは容姿《ようし》と相殺《そうさい》してもいい。あれほどの美女に童貞を捧げられるというのに、それ以上を望むのは図々《ずうずう》しいだろう。自分はいま、世の男たちが夢に描くような初体験を迎えようとしているに違いない。

なのに怖い……。

バスルームから聞こえてくるシャワーの音に耳をすます。いまどこを洗っているのだろうと、どうしたって考えてしまう。

顔立ちは完璧な菜々子だが、スタイルはどうだろうか？　やっぱり完璧なボンッ、キュッ、ボンッ、だったりするのだろうか？　あるいは天は二物を与えないという法則通り、胸が小さめだったり、尻が大きすぎたりするのだろうか？　それはそれで、アンバランスさがエロそうだが、菜々子の意味ありげな笑顔を思いだすと、違うような気がした。脱いでもすごい、という自信があるからこそ、ベッドに誘ってきたのではないか……。

シャワーの音がとまった。程なくして、バスルームから菜々子が出てきた。拓海はまばたきも呼吸もできなくなった。菜々子がバスタオルを体に巻いただけの格好《かっこう》で現れたからだった。露出された肩や腕や胸元、そして太腿《ふともも》から下がほのかなピンク色に染まっていて、過剰な色香にノックアウトされてしまいそうだ。

「あなたもシャワー浴びる？」

自宅に帰ってきてリラックスしているせいか、あるいは湯上がりのせいなのか、菜々子の表情はとても柔和《にゅうわ》で、口調も親和的になっていた。先ほどまでの挑発的な態度が嘘のようだ。

だが、そんなことより、拓海の視線は彼女の体に釘づけだった。全体的にはスレンダーなのに、バスタオルを盛りあげている乳房がやけに大きく見える。気のせいではなく、胸の谷間がひどく深い。両脚もまた、すらりと長いのに太腿だけがムチムチと肉感的だ。反則のようなスタイルである。男の夢がぎゅっと詰めこまれているようなセクシーボディ……。

「しっ、失礼しますっ！」

拓海は菜々子と眼を合わせることもできないまま、脱衣所に逃げこんだ。バスタオル一枚の彼女と相対《あいたい》している緊張感に耐えられなかった。こんなことでセックスなんてできるのだろうか？

呆然《ぼうぜん》としつつも、シャワーを浴びるために裸になった。とにかく清潔にしなければならないという、強迫観念のようなものに突き動かされている感じだった。

バスルームに入った。菜々子がシャワーを浴びた残滓《ざんし》である湿気に全身を包まれながら、拓海は深呼吸をした。ボディソープの残り香が、とてもいい匂いだった。そんなことに気をとられていないで、とにかく落ちつかなければならない。心臓が怖いくらいに早鐘《はやがね》を打っていた。その音だけに気をとられていたので、背後の気配に気づかなかった。

ハッと振り返ると、菜々子が立っていた。

「なっ、なんですかっ……」

あわてて背中を丸めたが、

「せっかくだから、わたしが体を洗ってあげようと思って」

菜々子は平然と入ってきて、扉を閉めた。

「いっ、いいですよっ……体くらい自分で洗えますっ……」

「でも、あなたはこれからわたしに童貞を食べられちゃうのよ。ってことは、童貞の体を洗えるチャンスも、これが最後ってことになるじゃない？」

「あああっ……」

ボディソープでヌルヌルになった両手で背中をさすられ、拓海は声をあげてしまった。まるでか弱い女のようなリアクションだと、声をあげた瞬間、顔から火が出そうになった。

筋トレが大好きなマッチョマンは、裸を見られることに抵抗がない。親から貰《もら》った体というより、自分でメイクしたボディだからだ。言ってみれば手塩にかけた作品みたいなものだ。拓海はまだその領域には達していないが、人前でも進んでパンツ一枚になり、筋肉ポーズをとったりする。

しかし、いくらバキバキに体を鍛えているボディビルダーでも、性器を見られるのは恥ずかしいだろう。そこだけは、自分でメイクすることができないからだ。

「やっぱり、筋肉って硬いのね。楽しみだなあ。わたし、童貞を食べるのも初めてだけど、こんないい体の人と寝るのも初めてよ」

菜々子のヌルヌルの両手が、背中から脇腹、さらに尻へと這《は》ってくる。尻の谷間をすーっと指で撫でられると、拓海は気が遠くなりそうになった。どうして彼女は、タオルやスポンジを使わず、直接手で洗ってくるのだろうか？　そしてそのやり方は、なぜこんなにも気持ちがいいのか？

だが、ヌルヌルの両手が前にまわってくると、余計《よけい》なことは考えていられなくなった。拓海は勃起していた。はっきり言って、ビルの隙間で股間をまさぐられてから、ずっと硬くなったままだった。

その部分に、菜々子の手が近づいてくる。今度は服越しではない。しかも、ボディソープの妖しいぬめりも追加されている。

「おおおっ……」

根元をほんの少し触られただけで、拓海は情けなく腰を引いた。後ろには菜々子がいるので、背中が彼女にあたった。

「眼をつぶりなさい」

後ろから、耳元でささやかれた。

「えっ？　眼っ……なんで……」

「バスタオルが邪魔だから取るの。こんな明るいところで裸を見られたら恥ずかしいでしょう？」

「……わかりました」

拓海は素直に眼を閉じた。裸を見られっぱなしのこちらの立場はどうなるのだ、と思わないこともなかったが、「恥ずかしいでしょう？」と言ったときの菜々子の口調が本当に恥ずかしそうで、頬を赤らめて身をよじっている姿まで想像できてしまったから、余計な口をきく気にはなれなかったのだ。

眼を閉じると、後ろでバスタオルを取る気配がした。続いて、菜々子が体を密着させてくる。拓海の背中はすでにボディソープにまみれており、素肌と素肌がヌルリとすべった。その感触もすさまじくいやらしかったが、乳房の柔らかい隆起には、鼻血が出そうになった。菜々子が体を密着させながら動くと、隆起の先端で乳首が硬くなっていることまで感じとれた。眼をつぶったことで、全身がますます敏感になっているようだった。

股間のペニスが反《そ》り返った。ビクッ、ビクッ、と臍《へそ》を叩きながら、ズキズキと熱い脈動を刻《きざ》んでいる。

ついにその部分を、ヌルヌルの手指で握られた。と言っても、そんなに強い力ではない。握られたというより、包まれた感じだ。

それでも、生まれて初めて他人に直に触れられたインパクトはすさまじく、すりっ、すりっ、としごかれると、激しい眩暈《めまい》に襲われた。実際、体がゆらゆらと揺れていたはずだ。

そのとき、背後の菜々子がクスリと笑った気配がしたので、

「なんで笑っているんですかっ！」

拓海は叫ぶような声をあげてしまった。自分のペニスを笑われた気がしたからだった。いちばん恐れていたことだった。菜々子は経験が豊かそうだから、誰か

と比べられることは覚悟していた。性技が拙《つたな》いことは初めてなのだからしかたがない。だが、ペニスが小さいと言われたりしたらどうしようと……。

「だって……」

菜々子はクスクスと笑いながら言った。

「あなたの体の中で、ここがいちばん硬いわよ」

拓海は顔から火が出そうになった。毎日鍛えている腕や背中より、ペニスのほうが硬いなんて……。

「ちなみになんですが……」

遠慮がちに訊ねてみた。

「僕のもの……サイズはどんな感じでしょうか？」

「やだ、もう」

菜々子は声をあげて笑った。

「そんなこと気にしないの。オチンチンが大きければ女が喜ぶなんて、男の幻想よ。セックスにはもっと大切なことがあるんだから」

「……はあ」

拓海は内心で深い溜息をついた。なんとなく、慰《なぐさ》められているような気がしたからだ。つまり、自分のペニスは短小……。

「女が好きなのは、大きいオチンチンより硬いオチンチン……」

ぎゅっと握られ、拓海はのけぞった。

「それに……」

菜々子が耳元で声をひそめた。

「心配しなくても大丈夫。あなたのもの、けっこう立派よ。ふふっ、わたしのお口に入るかしら」

ささやきながら、菜々子はペニスをしごいてきた。自分でしごくよりずっと弱い力で握られているのに、快感は百倍も強かった。声をあげないように我慢《がまん》するのが、苦行のようにつらかった。

声をあげないかわりに、拓海は身をよじっていた。それにしてもひどく恥ずかしかったが、身をよじらずにはいられなかった。

4

拓海は全身についたソープの泡を、自分で流した。「あとは自分でやってね」と菜々子がバスルームを出ていってしまったからだった。

頭から熱いシャワーを浴びても鼓動の乱れは治まらず、ほとんど息も絶えだえだった。背中にはふたつの胸のふくらみの感触が、まだありありと残っていたし、ペニスに触れられた手指の感触もそうだった。

全身をバスタオルで拭《ふ》くと、全裸のまま部屋に戻った。股間で反り返っているペニスが恥ずかしくてたまらなかったが、菜々子にそう言われたのだ。

「バスタオルを腰に巻いてきたりしないでよ。あれ、おじさんくさくてすごいや。男なんだから、堂々と全裸で出てきなさい」

意地悪な羞恥《しゅうち》プレイのような気がしないでもなかったが、逆《さか》らうことはできなかった。リビングに、菜々子の姿はなかった。寝室で待っていると言われていた。

リビングの奥に、寝室への扉がある。

「しっ、失礼します……」

ひと声かけ、熱く火照《ほて》った体をこわばりきらせて寝室に足を踏み入れた。中は暗かった。スタンドライトのダークオレンジの灯《あか》りだけが、部屋をほのかに照らしていた。暗いと言うより、淫靡《いんび》なムードだ。

「ドア閉めて入ってきて」

菜々子はベッドに腰かけていた。その姿が、部屋の雰囲気をなおさら淫靡なものにしていた。裸ではなく、真っ赤なベビードールを着ていた。立ちあがると、胸のふくらみが大きく揺れた。ノーブラなうえ、ベビードールはスケスケだった。たわわに実《みの》った乳房の形も露《あら》わなら、よく見れば乳首の色まで確認できそうだった。股間には、こちらも真っ赤なハイレグパンティがぴっちりと食いこんでいる。

なんて格好してるんだよ……。

木偶《でく》の坊のように立ちすくんでいる拓海に、菜々子は身を寄せてきた。ビルの隙間にいたときと同じ位置関係だったが、拓海はいま全裸で、菜々子に至っては全裸よりエロティックなベビードール姿である。

動けなかった。菜々子はそのことを咎めなかった。両手で双頬をそっと包んでくると、やさしい口づけを与えてくれた。拓海は口を開いた。そうするのがマナーだと、先ほど教わった。舌と舌をからめあった。そうしているうちに体がふっと軽くなり、動くことができるようになった。最初にしたのは、もちろん菜々子を抱きしめることだった。

真っ赤なベビードールは華美《かび》なレースと透ける生地《きじ》でできていて、ざらついた感触がした。たまらなくいやらしい感触だった。そっと背中を撫でまわした。うっとりしてしまった。勇気を振り絞ってヒップのほうまで手のひらをすべらせていけば、腰のくびれと尻肉の丸みがセクシャルすぎて身震いが起こる。

「それじゃあ……」

菜々子が拓海の眼を見てささやいた。

「約束のあれ、してあげるね」

その場にしゃがみこんだ。反り返ったペニスの正面に、菜々子の顔が来た。ふうっ、と吐息を吹きかけられた。

拓海は早くも身をよじりそうだった。自分のペニスと菜々子の顔のツーショットを見下ろしていると、現実感がどんどんなくなっていった。こんな綺麗な顔の人が、フェラチオなんてするんだろうかと思った。させるのは失礼なのでは？と罪悪感さえこみあげてきた。

「あっ、あのう……」

たまらず声をかけた。

「むっ、無理にしてくれなくても……その……いいっていうか……」

「えっ？　舐めてほしくないわけ？」

菜々子がピンク色の舌を差しだす。尖《とが》らせた舌先で、亀頭《きとう》の裏側をくすぐるように舐めてくる。時間にすればほんの一秒ほどのことだったが、拓海は腰を伸びあがらせて全身で反り返った。ボディソープにまみれた手指とはまた違う、生温かい感触が衝撃的すぎる。

「なにを遠慮してるのか知らないけど、世の中にはね、クンニを嫌いな男はたくさんいても、フェラが嫌いな男はひとりもいないのよ。あなた、この世でたったひとりのフェラ嫌いな男にでもなりたいの？」

菜々子はペニスをつかむと、再び舌を差しだした。亀頭全体をねっとりと舐められた。途轍《とてつ》もなくいやらしい表情をして、唾液《だえき》をなすりつけてきた。スタンドライトだけの薄暗い部屋の中でも、自分の亀頭が光沢に包まれていくのがわかった。

拓海は声をもらすのを必死にこらえていた。歯を食いしばり、両手を握りしめて、全身を小刻《こきざ》みに震わせていた。生温かい舌が亀頭を這いまわる快感は、想像を絶していた。いけないことをしているような感覚が、快感に拍車をかけた。いけない理由は、菜々子が美しいからだった。ねろり、ねろり、と舌を這わされるほどに、罪悪感がますますこみあげてきたが、それを凌駕《りょうが》するほど気持ちがいい。

「咥《くわ》えたら、もっとよくなるわよ」

真っ赤なルージュでヌラヌラと濡れ光っている唇が、Oの字にひろげられた。そのまま、亀頭をすっぽりと咥えこんだ。

「おおおっ……」

拓海はもう、声をこらえていることができなかった。舐められるより咥えられたほうが、たしかに快感が強かった。生温かい口の中に亀頭が包まれている感じも、もっとも敏感なカリのくびれに唇の裏側が吸いついている刺激も、頭の中が真っ白になりそうなほど素晴らしい。

「すっ、すごいですっ……すごい気持ちいいですっ……」

あまりの快感に涙眼になりながら言った。快感ばかりではなく、見た目も破壊力抜群だった。ペニスを咥えこんだ菜々子の顔は、あり得ないほどのいやらしさだった。大きく口をひろげ、鼻の下を伸ばした表情はブサイクだったが、元が美人なだけにブサイクさがすさまじいエロスを生みだすのだ。

興奮を隠しきれない拓海の態度に、菜々子は満足したようだった。眼顔でそれを伝えつつ、唇をスライドさせはじめた。

ずるっ、ずるっ、と唇がすべるほどに、ペニスには異次元の快感が訪れた。なるほど、この世にフェラが嫌いな男はひとりもいないわけだと、納得するしかなかった。納得しながら、身をよじった。顔が燃えるように熱くなり、そこに脂汗まで滲《にじ》んできて、じっとしていることなどできなかった。

そのリアクションも、菜々子のお眼鏡《めがね》にかなったようだった。拓海が身をよじるほどに、彼女のフェラには熱がこもった。スライドのピッチが速くなり、強く吸いたてられた。ピッチを落とすと、口内で舌が動いた。快楽の波状攻撃に、拓海は全身で奮《ふる》い立った。

菜々子の頭を両手でつかみ、自分からも腰を押しつけたかった。きっと、これが男の本能というものだろう。しかし、本能のままに振る舞って、彼女に嫌われてしまったら元も子もない。ペニスを口に咥えるなんて、考えただけで息苦しそうなのに、さらに苦しくさせることは厳に慎《つつし》まなくてはならない。

なにしろ、これはまだ前戯《ぜんぎ》なのだ。信じられないが、セックスはまだ始まったばかりなのだ。拓海はいま、そそり勃《た》ったペニスを吸いしゃぶられているが、童貞を喪失《そうしつ》したわけではなかった。菜々子が味わっているのは、童貞のペニスなのである。つまり、この先に本番が控《ひか》えている。

普通に考えて、前戯が本番より気持ちがいいということはあり得ない。こんなに気持ちがいいのに、まだこの先にフェラを凌駕する快感が待ち受けているのである。

だが、唐突に訪れた危機に、拓海は焦った。急速に射精欲が高まってきて、暴《ぼう》発《はっ》してしまいそうになったのだ。

「ううっ……うおおーっ！」

衝動的に、拓海は自分の顔をビンタした。菜々子の口の中に出してしまったら、絶対に嫌われると思ったからだ。右、左、右、と往復ビンタで興奮を鎮《しず》める。バチーン、バチーン、と暗い寝室に暴力的な音が響く。

「……なにやってるのよ？」

菜々子が呆《あき》れた顔で見上げてくる。

「いや、その……でっ、出ちゃいそうだったから……」

「馬鹿ねえ……」

菜々子はまぶしげに眼を細めた。

「そういうときは、『出ちゃいそう』って言えばいいの。出ないように、わたしのほうで調整してあげるから」

「……はあ」

訳がわからないまま、拓海はうなずいた。射精しそうになっているのはこちらなのに、彼女がどうやって調整するのだろう？

5

ベッドに移動した。まずは、ふたりで並んで腰かけた。めくるめく快感にふらふらになっていた拓海は、ようやく人心地《ひとごこち》がつけた気分だった。

「脱がせてもらっていい?」

菜々子が両手をバンザイさせた。

「はっ、はい……」

のんびり休憩《きゅうけい》している暇《ひま》はないらしい。拓海はおずおずと両手を伸ばしていき、ベビードールの裾《すそ》をつまんだ。じりじりとめくっていき、白い乳房が見えた瞬間、息がとまった。

巨乳と呼べるほど大きくはないが、丸々と実った美乳だった。全体がスレンダーなのでちょうどいいバランスだ。しかも、乳首がついている位置が高いから、ツンと上を向いて見える。

「きっ、綺麗《きれい》なおっぱいですね……」

むしゃぶりつきたいのをこらえて言うと、

「いいから、横になりなさい」

ベッドにあがってあお向けになるよううながされた。

菜々子は馬乗りでまたがってきた。彼女の体にはもう、真っ赤なパンティ一枚しか着けられていない。

「触っても、いいよ」

プルプルと揺れる乳房を突きだしてきた。

「でも、やさしくね。女の体はどこもかしこも敏感で繊細《せんさい》だから、絶対に乱暴に扱《あつか》っちゃダメ」

女教師が腕白小僧を諭《さと》すような口調だった。べつに屈辱は感じなかった。むしろ嬉《うれ》しかった。これから自分は童貞を奪われるだけではなく、女の体とセックスを手取り足取り教えてもらえるのだ。

「できるだけやさしく触ってね。そのほうが女も感じるんだから」

「わかりました」

拓海はうなずき、たわわな乳房を両手で下からすくいあげた。ずっしりと重かった。背中で感じたときは柔らかかったのに、手のひらで触れてみると弾力のほうが際立《きわだ》っていた。

恐るおそる指を動かしてみる。やはり、とても張りつめている。少し強めに指を食いこませると、

「っんんっ……」

菜々子は鼻にかかった甘い声を出した。嫌がっている素振りはない。このくらいの力なら大丈夫なようだ。

丸い肉房をやわやわと揉みしだいていると、口の中に大量の唾液が溜まっていった。まだ触れていないのに、あずき色の乳首が物欲しげに尖ってきた。まるで吸ってと訴えているようだった。口に含んでいいのだろうか？　乳首はとても敏感そうだから、指でいじるより舐めたほうがいいような気がする。

「あんっ……」

ペロッ、と舐めただけで、菜々子は可愛らしい声をもらした。声は可愛らしくても、瞼《まぶた》を落とし、眉根を寄せた表情は、ぞくぞくするほどいやらしかった。フエラ顔はブサイクさが逆にエロかったが、今度は直球ど真ん中でセクシーだ。

馬乗りになられているので、乳首を舐めはじめると顔を拝《おが》めないのが残念だった。かといって、乳首も存分に味わわないわけにはいかない。舐めれば舐めるほど硬く尖り、舌先に存在感を伝えてくる。口に含んで吸いたてれば、菜々子の呼吸がはずみだす。

「ああっ、上手よ……とっても気持ちいい……」

髪を撫でられ、額にキスをされた。

「もっと強く吸ってもいいわよ……乳首はわたし、強いほうが好き……」

言いながら、腰を動かしてくる。彼女の股間は、いつの間にか反り返ったペニスの上に乗っていた。とはいえ、まだ真っ赤なハイレグパンティを穿いているので、このまま結合にはならない。

菜々子はまるで自分を焦《じ》らすように、パンティを穿いたまましつこく股間をペニスに押しつけてきた。おそらくシルクだろう、パンティの生地のなめらかな感触が、拓海にはもどかしかった。いっそこのままひとつになりたかった。そんな気持ちを伝えるように、ふたつの胸のふくらみを愛撫した。「強いほうが好き」と言っていたので、試しに乳首を甘嚙《あまが》みしてみると、

「ああっ……」

菜々子はいやらしすぎる声をもらし、体を小刻みに震わせた。体が密着している部分から、彼女の体が火照りだしているのを感じた。

「もう欲しくなっちゃった……」

甘えるような声でささやいてくる。

「もう入れていい？　童貞を食べちゃっても……」

拓海にとって、意外な展開だった。

「いや、あの……まだいろいろすることがあるんじゃ……」

「なあに？」

「クッ、クンニとか……」

菜々子は眼を細めて笑った。

「童貞のくせに欲張らないでいいの。どうせ下手《へた》だろうし、だったら早くあなたの立派なオチンチン食べちゃいたい」

上から唇を重ねられたので、拓海はキスに応《こた》えた。舌と舌をからめあいながらも、「どうせ下手だろう」という言葉が耳底でリフレインしていた。事実であろうから、反論はしなかった。できることなら、菜々子の恥ずかしい部分を間近で眺め、匂いや味を確認してみたかったが……。

他にも心配があった。こちらからの愛撫は乳房を揉んで、乳首を吸っただけ。これだけで濡れるのだろうかと思ったが、杞憂《きゅう》のようだった。

菜々子はキスを深めていきながら、身をよじりはじめた。拓海の首や肩や腕を撫でさすりながら、鼻息を荒くしていった。欲情が伝わってきた。素肌が放つ匂いが、変わった気がした。汗をかきはじめたせいか、急に甘ったるくなった。これが俗に言うフェロモンだろうか。フェロモンを振りまいているくらいなら、きっとあそこだって濡れているに違いない。

菜々子は栗色の長い髪を掻《か》きあげながら上体を起こすと、トロンとした眼つきでこちらを見下ろしてきた。親指で唇をなぞり、それから爪を噛んだ。その仕草にどんな意味があるのかわからなかったが、眼もくらむほどエロかった。指先が、くびれた腰に移動した。よく見ると、彼女が穿いている真っ赤なハイレグパンティは、横が紐になっていた。それをといた。片側ずつ、ゆっくりと……。

はらりとめくれたパンティの下から、黒い草むらが現れた。ずいぶんと毛深かった。逆三角形に黒々と茂《しげ》り、その奥を男の魔の手から守っているように見える。と同時に、ひどく獣じみていた。顔はもちろん、スタイルの隅々《すみずみ》まで洗練された美しさを備えている菜々子だけに、獣性が際立った。クンニができなくてよかったのかもしれない。こんな野性的な股間を目の前にしたら、童貞の自分はきっと、手も足も出ずに金縛りに遭っていただろう。

「いくわよ……」

菜々子が腰を浮かし、そそり勃ったペニスに手を添《そ》える。亀頭にぴったりと、濡れた花びらが吸いついてくる。

「これからあなたの清らかな童貞を奪っちゃうけど、最後に言い残すこと、ある？」

「……ありません」

拓海は限界までこわばった顔で答えた。ドクン、ドクン、と心臓が高鳴る音が聞こえる。興奮と緊張が最高潮まで高まっていて、気の利いた台詞《セリフ》を考える余裕がなかった。すべての神経が、ペニスの先端に集中していた。密着している女の花のいやらしすぎる感触に、慄然《りつぜん》としていた。

「んんっ……」

菜々子が腰を落としてくる。くにゃくにゃした花びらの奥に、切っ先がずぶりと沈みこむ。彼女の中は濡れていた。もちろん、濡れていなければ結合しようとしないだろうが、予想以上にヌルヌルしていた。

菜々子は一気に腰を落としてこなかった。小刻みに腰を上下させながら、驚くほどゆっくりと結合を進めた。童貞を食べる行為を、じっくり味わっているようだった。結合はそれこそ一ミリ単位で進むようなのろまなペースだったが、表情はくるくると変化していた。

最初は眉根を寄せて苦しそうにしていたが、亀頭を呑みこんだあたりで、いやらしく蕩《とろ》けだした。眉と眼の間隔《かんかく》があき、鼻の下を伸ばしつつ口を半開きにした淫《みだ》らすぎる表情を見せつけてきた。

拓海は動けなかった。菜々子はまるで性器を唇のように使い、あふれた蜜《みつ》をなすりつけるようにしてきたから、ペニスのヌルヌルは加速していく一方だった。経験したことがない快感に全身を支配されていたが、なすがままになっているより他にどうしようもなかった。

「んんんーっ！」

菜々子がようやく最後まで腰を落とした。薄眼を開けた。頰を赤らめながら満足げに微笑《ほほえ》んだその表情もまた、暴力的なまでにいやらしかった。

「これが女よ……これがセックス……いまどんな気分？」

拓海はあわあわと口を動かすだけで、なにも言うことができなかった。あまりにも情けない反応だった。菜々子は上体を覆《おお》い被《かぶ》せ、息のかかる距離まで顔を近づけてきた。

「どうなのよ？　あなたいま、生まれて初めて女とセックスしてるのよ」

「おおおっ……」

拓海はのけぞって首に筋を浮かべた。菜々子が腰を動かし、性器と性器がこすれあったからだった。

「もっと動いてあげましょうか？　動くに決まってるわよね。じっとしてるだけのセックスなんてないんだから……」

菜々子は少し腰を動かしては、拓海の顔をのぞきこんできた。あきらかに、こちらが戸惑《とまど》っているのを楽しんでいた。

「ほら、動くわよ。気持ちいいでしょ？　気持ちがいいって言ってごらん」

「きっ、気持ちいいです……」

「なにが気持ちいいのよ？」

「……オッ、オチンチン」

「違うでしょ。気持ちがいいのは、オマンコでしょ」

そこから先は、あまり詳細《しょうさい》に覚えていない。まるで動画を早送りしているような性急さで、事態が進んでいったからだ。

はっきり覚えているのは、菜々子が上体を起こし、腰を振りはじめたことだけだ。まるでサンバを踊っているような、リズミカルな腰振りが卑猥だった。丸々とした乳房が、淫らなまでに揺れはずんでいた。やがて、喜悦《きえつ》に歪《ゆが》んだ美貌《びぼう》が真っ赤に紅潮《こうちょう》し、スレンダーなボディが汗にまみれていった。ダークオレンジのスタンドライトを浴びて、キラキラと輝きだした。淫らなことをしているのに、美しかった。まるで女神を見上げている気分だった。

とはいえ、年上の美女のいやらしすぎる腰振りを受けて、美しさに酔いしれている余裕はなかった。あっという間に射精欲がこみあげてきて、いても立ってもいられなくなった。童貞なのだから、自分の射精欲をコントロールできなくてもしかたなかった。しかし、まっさらな童貞時代と違い、拓海はひとつだけ有益な知恵をつけられた。

「でっ、出ちゃいますっ！　気持ちよすぎて出ちゃいそうですっ！」

声の限りに叫んだ。そう伝えれば、菜々子が「調整」してくれるはずだった。自分で自分をビンタなどしなくても、どうにかして射精を先延ばしに……。

だが、菜々子は腰振りをやめなかった。

「イッてもいいわよ」

平然と言い放ち、腰使いにますます熱をこめてくる。フェラなら男の欲望を調整できても、性器を繋げていればその限りではないらしい。

彼女も気持ちがいいからだろう。それは見ていてわかった。完全に獣の牝《めす》だった。発情しきっているから、腰を振るのをやめられないのだ。性器と性器をこすりあわせずにはいられないのだ。

「ダッ、ダメですってっ……本当に出ますっ……出ちゃいますっ……おおおっ……うおおおおーっ！」

眼を見開き、野太い声を放った瞬間、菜々子が動いた。腰をあげて結合をといたのだ。それだけではなく、素早く後退った。四つん這いになって、自分の漏らした蜜でネトネトに濡れ光っているペニスを、ぱっくりと頬張った。

「うおおおおーっ！」

拓海は激しくのけぞった。次の瞬間、下半身で爆発が起こった。灼熱《しゃくねつ》が尿道を駆け抜け、ぐらぐらと煮えたぎるような男の精を放出した。菜々子の口を汚してしまうことなど、このときばかりは気遣《きづか》えなかった。ドクンッ、ドクンッ、と放出するたび、意識が遠のいていくような快感に打ちのめされた。

しかし、その快感は、生まれて初めてセックスをしたせいだけではなかった。菜々子がペニスを吸っていた。それも、双頬をべっこりとへこませて、すさまじい勢いで吸引してきた。

普通に精を放出するより、吸われたほうが快感が強烈だった。熱い粘液が尿道を駆け抜けるスピードが増し、放出と放出の間隔も短くなる。ドクンッドクンッドクンッと、畳《たた》みかけるように射精が訪れる。

「おおおおっ……おおおおおっ……」

拓海はほとんどのたうちまわっていた。失神しないで最後の一滴まで辿《たど》りつけたことが、奇跡に思えた。とはいえ、すべてを吸われたあと、数分間、意識が飛んでいた。死ぬかと思った。この世に死ぬかと思うほど気持ちのいいことがあるなんて、童貞だったときには想像したことすらなかった。

第二章　恥ずかしいから興奮するんでしょ

1

桜の季節が終わろうとしていた。

風が強い日が何日か続いたので、桜吹雪も終わってしまい、木々を彩《いろど》っていた薄ピンクが、緑色に変わろうとしている。

日曜日の午後三時、拓海は新宿にあるオープンカフェの席から、葉桜を眺めていた。桜は好きだが、葉桜は嫌いだった。子供のころ、下にいたら毛虫が顔に落ちてきたからだ。

子供のころのトラウマがなくても、葉桜の季節は淋《さび》しい。どれだけ風に吹かれても、意地になったように残っている薄ピンクの花がみじめだ。潔《いさぎよ》く散るところに桜の美しさはあるのに、あまりにも未練がましい。必死にへばりついていたところで、毛虫の季節が来るだけなのに……。

とはいえ、感傷的な気分になっている場合ではなかった。拓海には、休日にひとりでオープンカフェに来るような優雅な趣味はない。人と待ち合わせをしているのだ。それも、セックスさせてくれるかもしれない女と……。

事情はちょっと複雑だった。

すべてのきっかけは、菜々子である。それは間違いない。あの日あのとき彼女と出会っていなければ、拓海の未来はずいぶんと違ったものになっていただろう。会わなければよかったと思っているわけではない。そうではないのだが、彼女には相反《あいはん》するふたつのことを教わった。

人生の素晴らしさと、人生の厳しさである。

「お願いします！」

童貞を奪われたあと、正気に戻った拓海はベッドの上で正座し、菜々子に向かって深々と頭をさげた。

「好きになってしまいました。僕とお付き合いしていただけないでしょうか」

人の心は不思議なもので、セックスをする前にはそんなことを露《つゆ》ほども考えていなかった。

菜々子は美人だが自信満々すぎるし、童貞を食べてみたいなんておかしな趣味の持ち主だし、正直ちょっと引いていたのだが、終われば気持ちの振り子が真逆に振られていた。

彼女に教わったセックスは、素晴らしいものだった。感動に打ち震えるより、もっとしたいという欲望がこみあげてきて、自分を制御できなかった。

騎乗位だけではなく、正常位やバックも経験してみたいし、クンニだってそうだ。いろいろ勉強して、菜々子を悦《よろこ》ばせてあげたい——この気持ちが愛ではなくて、なんなのだろう？

「あなたが言うべきことは、お願いしますじゃなくて、ありがとうございましたじゃないかな」

菜々子はシラけた横顔で言った。

「いや、もちろん感謝はしてますよ。素晴らしい初体験、本当にありがとうございました」

拓海はもう一度深々と頭をさげた。

「そのうえでお願いしているんです。僕、菜々子さんとお付き合いしたい」

「ダーメ」

「どうして？」

「だってあなた、もう童貞じゃないもの」

「そんな……」

拓海は泣きそうな顔になった。

「童貞じゃないって……菜々子さんが奪ってくれたから、そうなったんじゃないですか」

「誰が奪おうが、あなたがもう童貞じゃないのは事実でしょ」

「たった一回だけなんて淋しすぎます。付き合うのがダメなら、せめてあと二、三回……」

「わがまま言わないの。セックスはお互いの合意があって初めて成り立つものよ。

片方が嫌だと言ったら、諦《あきら》めるしかないの」

「でも……」

拓海は必死に食いさがった。

「菜々子さんだって、こっちがあんまり乗り気じゃないのに、半《なか》ば強引にベッドに誘ったじゃないですか？」

菜々子は顎《あご》に指をあて、くるりと黒眼をまわした。

「そう言われれば、そうかもしれない……」

「でしょ、でしょ」

拓海は身を乗りだした。菜々子は丸々とした美乳も股間の黒々とした草むらも、無防備にさらけだしていた。素肌はまだ汗ばんで、鼻をこすりつければ甘い匂いが嗅《か》げそうである。

男の精を吐きだしたのに、拓海は勃起したままだった。菜々子の裸が、萎《な》えることを許してくれなかった。いっそのこと、いますぐ二回戦に突入してしまったらどうだろうか？　獣欲剝《む》きだしでむしゃぶりついてしまえば……。

だが、拓海の勢いを挫《くじ》くように、菜々子がパンと手を叩いた。

「じゃあ、こうしましょう。わたしはもうあなたにまったく興味がないけど、興味をもちそうな女子をひとり、紹介してあげる」

「……はあ？」

意味がわからなかった。自分に興味をもちそうな女子とは、いったい……。

「わたしの友達に、童貞好きの子がいるの」

「でも僕、もう童貞じゃ……」

「黙ってればわからないわよ。あなたたぶん、ベッドじゃなんにもできないし。今日はわたしがリードしたから、なんとかなったの」

「ニセ童貞になれっていうんですか……」

「セックスがしたいならね」

菜々子はニヤリと笑った。

「その子もわたしと一緒で童貞が大好きなんだけど、まだ童貞と寝たことはないわけよ。だから、たっぷりサービスしてくれるんじゃないかな。あなただって、わたしひとりと何度もするより、経験員数を増やしたほうが得じゃない？」

「いや、それは……」

拓海は目の前の菜々子をまじまじと見た。この美貌にしてこのスタイル——これ以上のクオリティの女が現れるとは思えなかったが、彼女が二度とセックスするつもりがないというのなら、紹介話を断るわけにはいかなかった。拓海はとにかくセックスがしたかったのだ。覚えたてのセックスをもう一度……。

2

「あなた拓海くん？」

声をかけられ、ハッと顔をあげた。女が立っていた。小柄で髪が短く、就活中の女子大生が着ているような黒いスーツに身を包んでいる。

拓海も立ちあがった。彼女が菜々子が紹介してくれた人だろうか？　自信がなかったが、そのときオープンカフェのテラス席に座っていたのは拓海ひとりだけだった。ここで待ち合わせたのだから、間違いではないと思うが……。

「香椎真緒《かしいまお》さんですか？」

「うん」

真緒はそっぽを向いたままうなずいてから、

「行きましょう」

とカフェの敷地の外に出た。のんびりコーヒーを飲むような気分ではないようだった。拓海はあわてて会計をすませ、真緒とふたりで歩きだした。

お互いに黙《だま》っていたが、行く場所は決まっていた。

歌舞伎町にあるラブホテル——何度か事務的なメールのやりとりをして、そういう予定を立てていた。

それにしても……。

真緒のタイプが想像とまるで違ったので、拓海は戸惑いを隠せなかった。菜々子の友達で童貞好き、という情報から、彼女のように華やかで姉御肌でサバサバした女が現れるだろうと思っていたのだ。要するに同じタイプで、見た目の印象だけが何段か落ちる……。

しかし、真緒はそういう女ではなかった。小柄でショートボブ、おまけにリクルートスーツまで着込んでいるせいもあるだろうが、菜々子とは正反対のタイプに見える。大きな眼が可愛らしく、清潔感と透明感がすごい。映画やドラマにおいて、菜々子が男を奪われる華やかな当て馬の役まわりなら、真緒はまさしく主人公に選ばれる清純派だった。

年だって二十八歳と聞いていたが、拓海よりも年下に見える。菜々子のように自信満々ではなく、どことなく初々《ういうい》しささえ漂っていて、声をかけてきたときは恥ずかしそうに顔をそむけていた。歩きだしてからは、わざとツンと澄ましている。「わざと」が透けて見えるところが、純情っぽい。

こんな人が、本当に童貞好きなのだろうか？　これからセックスさせてくれるのだろうか？　こちらの不安をよそに、真緒はためらうことなく歌舞伎町の雑踏《ざっとう》にまぎれていく。

「どうしてリクルートスーツを？」

遠慮がちに訊《たず》ねてみた。どう見ても、これからラブホテルに行く格好ではなかった。

「わたし、就活中なんです」

真緒は横顔を向けたまま答えた。

「日曜日だけど相談に乗ってくれるって人がいたから、いまちょっと会ってきたの。ここに来る前に……」

「なるほど」

うなずきつつも、拓海はまるで釈然《しゃくぜん》としなかった。すでに失業しているのか転職先を探しているのかはわからないが、就活中といえば人生における大切な時期である。気持ちだって不安定だろう。そんなときに、見知らぬ男の童貞を奪いたいと思うものだろうか？　しかも、お茶を飲みながらおしゃべりをして、ささやかな人間関係を築くことも拒否し、まっすぐにラブホテルなのである。

「どこでもいいよね？」

ラブホテル街につくと、真緒はすたすたとひとつのホテルに入っていった。疑問形で訊ねてきても、こちらの意見を求めている感じではなかった。

「部屋はあなたが選んでいいよ」

フロントには部屋の写真がずらりと並んだパネルがあり、ボタンを押すと入室できる仕組みになっているようだった。どれも同じような値段で、同じような部屋だ。写真に写った大きなベッドが鼓動《こどう》を乱した。このベッドの上で、いままで何百、何千というカップルが、裸になって淫らな汗をかいてきたわけである。自分たちもその末席に座ることになることが、まだ信じられない。

とはいえ、いつまでも選べないと真緒を失望させてしまうかもしれず、七〇七号室を選んだ。なんとなく縁起のよさそうな番号だったからだ。

振り返ると、後ろに立っていた真緒の雰囲気が変わっていた。どこがどうと正確には言えないのだが、あきらかにスイッチが入ったような眼つきをしていたので、たじろいでしまいそうになった。

エレベーターに乗った瞬間、七階の部屋を選んだことを後悔した。狭いゴンドラにふたりきりという状況に緊張した。狭いだけではなく、やけにゆっくりと動くエレベーターだったので、気まずくてしようがない。

「童貞なんだから、こういうところ来たの初めてよね？」

「はい」

拓海はうなずいた。話しかけてくれて助かった。ラブホテルに来たのは正真正銘初めてだったので、童貞を騙《かた》る罪悪感も緩和《かんわ》された。

「初めてだったらドキドキしてる？」

「そりゃもう。真緒さんは、こういうところに、よく……」

言ってから、しまったと思った。あきらかに失言だった。その証拠に、真緒が睨《にら》んできた。彼女と視線が合ったのは、このときが初めてだった。

「しゃがみなさい」

「ええっ……」

「いいからしゃがんで」

可愛い顔に似合わず、気が強い人らしい。失言のおわびに、土下座しろということなのだろう。なにもエレベーターの中で、と思ったが、エレベーターの中で失言を放ったのはこちらの失態である。

土下座しようとしゃがんだ瞬間、目の前で異変が起こった。

真緒がスカートをめくったのだ。小柄なわりにはむっちりとした太腿《ふともも》が、ナチュラルカラーのストッキングに包まれて、セクシーな光沢を放っていた。

「わたしもドキドキしてる……」

ささやきながら、さらにスカートをめくっていく。太腿の付け根を過ぎ、股間にぴっちりと食いこんだ、黒いレースのパンティが見えてしまう。

拓海は完全に混乱しきっていた。ドキドキしているのとスカートをめくる行為に、どんな関連性があるのかわからなかった。だいたい、土下座はどうなったのだ？　しゃがめと言ったのは土下座を求めてではなく、ただ単にスカートをめくるのを間近で見せたかったからなのか？

「匂い、嗅いでもいいよ」

ますます訳のわからないことを真緒は口走った。

「わたし……童貞丸出しのキミの顔見た瞬間から、すごい興奮してるから、きっとエッチな匂いがするよ」

童貞丸出しと思われたことは、喜んでいいのか悲しんでいいのかわからない。まあ、この場合はうまく謀《たばか》れたと喜んでおいてもいい。

しかし、匂いを嗅げとはどういうつもりなのか？　なるほど、彼女の股間に鼻《はな》面《づら》を突っこみ、鼻息も荒く女のフェロモンを嗅ぎまわすのはやぶさかではなかった。しかし、ここはエレベーターの中なのだ。普通に考えれば、従業員は非常階段を使って移動するだろうし、途中の階から乗りこんでくる客だっていないだろう。しかし、拓海はそのとき、平常心を失っていた。誰かが乗りこんできたらどうしようと、ビクビクがとまらなかった。だいたい、ボタンを押し間違えるなんてよくある日常茶飯事《さはんじ》だ。精根尽き果てるまでセックスし、一階に向かおうとしているカップルが間違えて上へ向かうボタンを押したら、扉が開いて鉢合わせになる。

エレベーターの回数表示ランプは、四階で点滅していた。七階まであと三階もある。こんなにゆっくり上昇するエレベーターなんて乗ったことがないが、いまそんなことを言ってもしかたがない。

「匂い、嗅がないの？」

真緒がひどく淋しげな顔で言った。がっかりしているようだった。可愛い女のがっかりした顔に、拓海は弱かった。いや、男なら誰だって弱いに違いない。事情はともかく、そんな顔をするな、と思ってしまうのが男の本能なのである。

拓海は真緒の股間に顔を近づけていった。間近で見ると、ナチュラルカラーのナイロンに透けた黒いパンティがたまらなく卑猥《ひわい》だった。レースは美しい芸術品のようだったが、股間に食いこんだ部分が驚くほどこんもりと盛りあがっていた。モリマンというやつだろう。年下と見まがうほど可愛い顔をしているくせに、モリマンなんていやらしすぎる。

鼻からすうっと息を吸いこんだ。

なんとも言えない甘酸《あまず》っぱい匂いにくらくらした。

真緒はこちらの顔を見た瞬間から興奮していたと言っていたが、嘘ではなさそうだった。これは濡らしている匂いだった。たった一度しかセックスしたことがなくたって、それくらいのことはわかった。彼女は興奮どころか、発情している。普通の、冷静な状態では絶対にない。たとえば就活の面接中にこんな匂いを漂わせていたら、大問題になるに決まっている。

気がつけば、下品なほど鼻を鳴らして発情のフェロモンを嗅ぎまわしていた。彼女をがっかりさせないために匂いを嗅ぎはじめたつもりなのに、ここまで欲望を剝きだしにしたら逆に軽蔑《けいべつ》されてしまうのではないかと不安になったが……。

「可愛い」

真緒はやさしく頭を撫《な》でてくれた。

「わたし、優男《やさおとこ》ぶってベッドでスマートに振る舞う男が大っ嫌い。いやらしいことしてるんだから、いやらしい顔をすればいいのよ。とことんさらけだした姿をお互いに受け入れないで、なにがセックスよ……」

言いながら、真緒は拓海の頭を撫でつづけた。拓海はまるで、彼女の飼い犬になった気分だった。

悪い気分ではなかった。

3

「最初にひとつ約束してほしいんだけど……」

窓がなく湿気のこもった密室でふたりきりになると、真緒は切りだしてきた。

「セックスにおいて、わたしは経験者で、キミは未経験者、そうよね？」

「はい」

拓海はうなずいた。正確には経験者だったが、エレベーターの中でパンティを見せ、匂いを嗅ぐことを求めるような彼女の経験に比べれば、なきに等しいに違いない。よって、童貞を騙る罪悪感はずいぶんと薄らいでいた。

「経験者が未経験者をリードするのは当然ね？」

「はい」

「じゃあ、今日は全部、わたしの言う通りにして。わたしがやってっていうことを素直にやって、わたしが嫌がることはしないで」

「もちろんです」

「あともうひとつ、わたしがすることを絶対に軽蔑しないで」

「……わかりました」

約束がふたつになった気がしたが、べつにかまわなかった。真緒がなにを求めてこようと、軽蔑するのは難しそうだった。軽蔑するなら、エレベーターの中ですでにしている。もしかしたらあのパフォーマンスは、真緒なりにこちらをテストしたのかもしれなかった。

「それじゃあ……どうぞお先にシャワー使ってください」

「はっ？」

真緒は眉をひそめた。

「エッチする前にシャワー浴びるなんて、そんな馬鹿なことわたしはしません」

「そっ、そうですか……」

「当たり前じゃない。シャワー浴びたら、体中がボディソープの匂いよ。ボディソープの匂いが嗅ぎたいなら、ボトルから直接嗅げばいいじゃないの」

「いや、まあ……そうかもしれませんが……」

拓海は泣き笑いのような顔になった。真緒があまりの剣幕《けんまく》だったからだ。もちろん、言っている意味はわかる。スカートの中のフェロモンを嗅がせてきた彼女である。きっとありのままでセックスしたいのだろうが……。

「僕だけ浴びちゃダメですか?」

上眼遣いで訊《たず》ねた。

「真緒さんはそのままでいいですけど、男の僕は……少しでも清潔にしておきたいというか……」

実は待ち合わせのオープンカフェに一時間も早く到着してしまい、少し近所を散歩したのだ。まだ四月なのに初夏のような陽気の日だったので、自然と汗をかいた。首筋や腋《わき》の下や背中、とくに足は大いに不安だ。いや、本当に不安なところは、もうひとつ別にあるのだが……。

「わたしの見込み違いだったかしら……」

真緒はやれやれと言わんばかりに深い溜息をついた。

「エレベーターの中ではいい感じだったんだけどなあ。どうしてもシャワー浴びるっていうなら、わたしはこのまま帰ります。セックスなんてしない」

「いやいや、怒らないでくださいよ。僕はただ、汗くさいのが恥ずかしいと……」

「恥ずかしいから興奮するんでしょ！」

真緒が睨んでくる。本当に可愛い顔をして気の強い女である。

「わたしがエレベーターの中でパンツ見せて、恥ずかしくないと思った？　やる気満々の勝負下着で、相手は初対面の男なのよ。顔から火が出そうなくらい恥ずかしかったわよ」

「……でも、興奮したんですか？」

コクッ、と真緒はうなずいた。眼を三角にしながらも、頬がちょっと赤くなっていた。そんなことを告白すること自体、ひどく恥ずかしそうだった。

「わかりました。全部まかせるって約束ですから、シャワーは使いません」

「わかればいいのよ」

真緒はまだ怒っていた。恥ずかしがりながら怒っている。こんな状況でセックスが始められるのかどうか、拓海は不安になった。しかし、一方の真緒はプンプンと怒りながらも、始めるつもりのようだった。

「脱いで」

「はあ……」

セクシーなムードもエロい空気もまるでない中、拓海はしかたなく服を脱いでいった。真緒は腕を組んで仁王立《におうだ》ちだ。まるで女の上司に叱《しか》られている部下である。いや、裸になろうとしているのだから、セクハラを受けているようなものか……。

もたもたしていると怒りの炎に油を注ぎそうだったので、テキパキと脱いでブリーフまで一気に脚から抜いた。エレベーターの中では盛大に勃起していたペニスも、いまはちんまりと下を向いていた。真緒のせいだった。真緒が怒っているからいけないのだ。

しかし、拓海の股間をチラとのぞきこんだ瞬間、彼女は満面の笑みを浮かべた。と同時に、可愛い顔がみるみる生々しいピンク色に染まっていった。これほどいやらしい笑顔を、拓海はいままで一度も見たことがなかった。

「包茎《ほうけい》ね？　仮性包茎」

「あっ、いや……」

拓海はあわてて股間を隠した。真緒の指摘は図星《ずぼし》であり、拓海がシャワーで真っ先に洗いたかったのも皮の被《かむ》った部分だった。

「いいのよ、いいの。わたし、仮性包茎が好きだから。ってゆーか、童貞のくせに仮性包茎じゃないほうが生意気っぽくていや。キミって本当、わたしの理想の童貞よ。顔はあどけなくても筋肉ムキムキ。性格はおどおどしてて、童貞にして仮性包茎。完璧じゃない……」

一カ所だけ間違いがあった。ペニスは仮性包茎でも、真性の童貞ではないのだが、そんなことを気にしている場合ではなかった。真緒が股間を隠している手をどけて、ペニスをじろじろ見てきたからだ。心は千々《ちぢ》に乱れていても、異性にじろじろ見られれば反応してしまうのが男の器官というものらしい。あっという間に勃起して、天狗《てんぐ》の鼻のように突きだした。

「やだ、もう！　勃ってもまだ被ってる。これ、指で剝かないといけないでしょ？　自分で剝いたらダメよ。それはわたしの仕事」

「ううっ……」

拓海はさすがに泣きそうになった。真緒が指摘するように、フル勃起してもカリの部分にだけは皮が被っているのが拓海のペニスだった。指で簡単に剝けるので、使用上の問題はない。しかし、ここまであからさまに包茎、包茎と言われると、男のプライドはズタズタだ。

「ほら、先にベッドに行ってて」

背中を押され、拓海は掛け布団《ぶとん》をめくってシーツに腰をおろした。心に風穴が空いていた。真緒という女が、心底怖《こわ》くなってきた。見た目は可愛らしく、清潔感も透明感もたっぷりなのに、中身はまるで悪魔である。シャワーに入る入らないの問答も、おそらく計算ずくで仕掛けてきたのだ。しらけたムードをわざとつくり、拓海を萎《な》えさせ、仮性包茎を確認するために……。

なんだかちょっと腹がたってきたが、当の真緒は鼻歌まじりで服を脱いでいた。リクルートスーツの上着、スカート、そして白いブラウス……。

拓海はまばたきも呼吸もできなくなった。

ブラジャーは下と揃《そろ》いの黒いレースで、胸のふくらみが強調されるようにカップが浅くなっていた。乳房はそれほど大きくなさそうだが、可愛い顔には小ぶりの乳房がよく似合《にあ》う。なにより、黒い下着のせいで真っ白い素肌が際立《きわだ》っているのが素晴らしい。まさに雪肌、触り心地もすべすべしていそうだ。

しかし、それ以上に衝撃的だったのは、下半身だった。

股間に食いこんだ黒いパンティと、それを透けさせているナチュラルカラーのストッキング——エレベーターの中で一度見ていたが、わかっていてなお、パンスト姿の真緒はすさまじく悩殺《のうさつ》的だった。

思えば、菜々子もいやらしい下着を着けていた。しかし、あの真っ赤なベビードールが男を悩殺するためにデザインされたものなのに対し、真緒のパンスト姿はひどく無防備だった。言ってみれば、女の楽屋裏をのぞきこんだような、生々しいエロスを感じさせた。

「なによその眼は？」

真緒が訝《いぶか》しげな顔で近づいてくる。

「もしかして、ストッキングに興奮しちゃった？」

拓海は言葉を返せなかった。ＹＥＳと答えるべきかＮＯと答えるべきか、正解がわからない。パンスト姿はエロティックに見せようとして、エロティックなわけではないからだ。着衣の状態で太腿から下を美しく飾るものであり、スカートを脱いで全貌を露わにすれば、むしろブサイクだった。

とはいえ、可愛い女がブサイクな姿をさらしているからこそ、拓海は興奮しているのである。ブサイクさが卑猥《ひわい》なのだ。

「この格好はね、女にはとっても恥ずかしいものなの」

真緒が言い、拓海はやっぱりと安堵《あんど》の溜息をもらした。迂闊《うかつ》にYESと言わなくて、本当によかった。

「でもね、キミが興奮しているなら、しばらくこのままでいてあげてもいいよ。勘違いしないでね。わたしだって恥ずかしいのよ。でも……さっきも言ったけど、恥ずかしいことをするのは、とっても興奮するの」

言いながら、真緒はこちらに足を伸ばしてきた。ナイロンが二重になっている爪先で、うりうりとペニスをいじってきた。

「おおおっ……」

拓海はたまらずのけぞった。爪先で竿《さお》の裏を撫でられた瞬間、体の芯《しん》に電流が走った気がした。ざらついたナイロンと足指の組み合わせが、こんなにも刺激的だとは夢にも思わなかった。

「やっ、やめてくださいっ……許してっ……」

たまらず脚を閉じて防御すると、

「なによう……」

真緒は黒い瞳をねっとりと潤《うる》ませて身を寄せてきた。閉じた脚の上に座るような素振りを見せたが、彼女の目的はそんな甘えた態度ではなかった。膝《ひざ》の裏側で、勃起しきったペニスをぎゅーっと挟んできた。

拓海はもはや声も出せず、驚愕《きょうがく》に顔をひきつらせるばかりだった。ざらついたナイロンの感触は一緒でも、今度はむっちりした太腿との組み合わせだ。ぎゅっ、ぎゅっ、と挟まれるたびに、気が遠くなりそうな快感が押し寄せてくる。

「もっと悶《もだ》えてもいいのよ。こういうことされたかったんでしょ？　ストッキングで眼を輝かせていたということは」

そうではない、と拓海は言いたかった。こんなフェチなプレイなど、想像することすらできなかったからだ。

しかし、なにも言えない。真緒の顔がすぐ近くにあり、いまにもキスをされそうだったし、黒いブラジャーだけの上半身からは、甘い匂いが漂ってきた。彼女の体臭に違いなかった。なるほど、ボディソープの匂いなんかより、ずっとセクシーだ。

4

「あお向けになって」

真緒にうながされて、拓海はベッドの上であお向けになった。パンストに包まれたムチムチの太腿にペニスをたっぷりと嬲《なぶ》られたせいで、顔は汗ばむほど熱くなり、呼吸は乱れきっている。

真緒は拓海の両脚の間に陣取ると、そそり勃っているペニスを見てクスクスと笑った。

「まだちょっと皮が被ってる」

わざわざ口に出して言わないでほしい、と拓海は恨《うら》みがましい眼を向けた。仮性包茎のペニスは、指で剝いてやらないとカリが露出しにくいのである。

「剝いてもいい？」

心から嬉しそうな表情で、真緒が訊ねてくる。元は可愛いのに、たまらなくいやらしい顔をしている。底意地悪さがちょっとのぞいているところが、とくに。

「……どうぞ」

そう答えるしかなかった。

「いいのかな？　人に剝かれるの初めてでしょう？　恥ずかしくないのかな？　恥ずかしいわよー、絶対」

恥ずかしいに決まっているが、彼女に言わせれば恥ずかしいからこそ興奮するのだそうだ。経験の浅い拓海にはよく理解できなかったが、彼女の法則に従って興奮することを祈るしかない。

「うっ……」

真緒が指先で皮を剝き、湿りがちなカリのくびれに新鮮な空気があたった。恥《ち》垢《こう》がたまっていなかったことだけが救いだった。真緒は皮を剝ききったペニスに顔を近づけ、くんくんと鼻を鳴らした。

「とってもくさい……」

うっとりした顔でささやいた。

「こんなイカくさいオチンチン、わたし初めて。童貞ってすごい」

「だっ、だから言ったじゃないですか、シャワー浴びたほうがいいって……」

拓海は真っ赤になって言い返したが、真緒は気にもとめずにペニスの匂いを嗅ぎまわしている。鼻を鳴らしながら竿に指を添え、すりすりとしごいてくる。こみあげてくる快感が、羞恥心とぶつかりあって火花を散らす。

「舐めちゃおうかなあ……でも、いきなり舐めたらもったいないかなあ……この匂いだけでわたし、一回くらいイケそう……」

可愛い顔をしてどぎつい冗談が好きな人だと、拓海は呆れた。余計なことを言ってないで、早く舐めてくれないかと焦れた。フェラの快楽に揉みくちゃにされれば、恥ずかしさなんて忘れてしまえるだろう。顔に似合わずいやらしすぎる彼女だから、菜々子を超えるフェラテクの持ち主の可能性だって高い……。

だが、真緒は予想もつかなかった行動に出た。

急に膝立ちになると、ストッキングとパンティを太腿までずりおろしたのだ。

当然、股間が丸見えになったわけだが、そこにはあるべき黒い草むらがなかった。パイパンだったのである。こんもりとふくらんだモリマンは白く輝き、草むらがあればそこに隠れていたはずの割れ目の上端まではっきり見えた。

眼を見開いて固まっている拓海をよそに、真緒は股間に右手を伸ばしていき、

「ああんっ……」

と声をもらした。驚くべきことにオナニーを始めた。「一回くらいイケそう」という言葉は、冗談でもなんでもなかったのである。

「ねえ……」

真緒が細めた眼を潤ませて見つめてくる。

「童貞のキミは、女はオナニーしないって思ってる？」

拓海は曖昧《あいまい》に首をかしげるしかなかった。

「するのよ。してない女なんていないのよ。でも、恥ずかしいでしょ？　オナニー自体も恥ずかしいけど、セックスしてくれる相手がいないみたいで、二重に恥ずかしいわけなのよ」

言いながら、右手の指を動かしている。男の自慰《じい》に比べればずいぶんとおとな

しい動きだったが、クリトリスは敏感すぎるほど敏感らしいので、それで充分なのだろう。真緒の呼吸ははずんでいき、眼の下がねっとり紅潮してきた。

「でも……しちゃった。男の人の目の前で、恥ずかしいオナニーしちゃった。やだ、もう。ねちゃねちゃ音までたってきた……」

実際、真緒の指の動きに合わせて、粘っこい音がたっていた。真緒は快感を噛みしめるように眉根を寄せると、四つん這いになった。ワンワンスタイルで性感帯をいじりまわしながら、顔をペニスに近づけてくる。ハアハアと息をはずませては、くんくんと鼻を鳴らして匂いを嗅ぐ。

拓海はごくりと生唾を呑みこんだ。

予想だにせぬ展開だったし、動かないままじっとしていていいのかどうかわからなかったが、自慰に耽《ふけ》る真緒の姿がいやらしすぎた。指でいじっている部分は見えないし、まだ乳房だってブラジャーに隠されているにもかかわらず、真緒はあきらかに発情していた。絶対に人前では見せられないほどエロティックな顔をして、眼を離すことを許してくれない。

「ああんっ、もう我慢できない……」

四つん這いの身をよじりながら大きく息を吸いこみ、ペニスを咥《くわ》えた。真緒は小柄で、顔も口も小さいから、限界まで唇をひろげていた。不思議なことに、彼女の場合はペニスを咥えても可愛かった。小刻みに唇をスライドさせ、必死になってしゃぶっている姿が健気《けなげ》に見えるほどだった。

菜々子を超えるテクニックがあるかどうか、判断できなかった。菜々子はフェラチオに集中していたが、真緒は自慰をしているからだ。しかもかなり本気で、いまにもイキそうになっている。

「うんぐっ！　うんぐっ！」と鼻奥で悶《もだ》えては、四つん這いの尻を振りまわす。ペニスを舐めしゃぶるより、自慰のほうに夢中になっている。

「うんあっ……もうダメッ……イッちゃいそうっ……」

真緒は涎《よだれ》まみれの唇を半開きにして、拓海を見つめてきた。拓海は固唾《かたず》を呑んで見つめ返すしかなかった。女が「イク」ということを、正直よくわかっていなかった。射精のようにはっきりした現象を伴《ともな》わない女は、イッたらどうなってしまうのか……ＡＶでは観たことがあるけれど、生身は……。

「ああーっ！」

真緒が腰をくねらせる。顔の紅潮がどんどん濃くなっていく。

「イッちゃうんですか？」

思わず声をかけると、

「そっ、そうよっ……恥ずかしいイキ顔を見せてあげるわよっ……よく見てなさいっ……」

真緒はぎりぎりまで細めた眼で拓海と視線をぶつけあいながら、

「イッ、イクッ……もうイクッ……イッちゃうっ、イッちゃうっ、イッちゃうっ……はぁあああああーっ！」

甲高《かんだか》い悲鳴を放った。次の瞬間、四つん這いの体がビクンッ、ビクンッと跳《は》ねた。体中の肉がぶるぶると痙攣《けいれん》していた。なにかを嚙みしめるような顔でしばらくじっとしていたが、やがて「かはっ！」と息を吐きだすと、うつ伏せに倒れた。

しかし、拓海の腹筋に顔を押しつける中途半端なポジションだったので、胸板に顔をのせられるあたりまでずりあがってきた。

拓海は圧倒されながら、真緒を抱きしめた。ＡＶで観るのとはまるで違った。この生身の迫力は、おそらく匂いのせいだった。少し汗ばんだ真緒の体からは、甘ったるい匂いが漂ってきた。先ほどと体臭が変わっていた。女は発情すると、体臭が変わるらしかった。

拓海は動けなかった。抱きしめたものの、腕の中にいる真緒はハアハアと激しく息をはずませ、その体から甘ったるい匂いだけではなく、たじろぎそうなくらい熱気を放っていた。

「もしかしてキミ、童貞っていうのは嘘？」

「えっ……」

唐突にきわどい質問をされ、拓海は息を呑んだ。

「だって、目の前にオナニーしてる女がいたんだよ？　普通だったら、むしゃぶりついてこない？　おかげでわたし、イクまでやっちゃったじゃない」

「いや、その……」

拓海は必死に言い訳を考えた。

「むしゃぶりついていけないから、二十二歳にもなって童貞なんですよ。勝手なことしたら怒られるんじゃないかって、腰が引けちゃって……」

「……なるほど」

真緒は納得してくれたみたいだった。

「でも、したいこともあるでしょう？　女の子とこんなふうにするの、初めてなんだから、興味津々《きょうみしんしん》じゃないの？」

「そっ、そりゃあ……」

したいことなら山ほどあった。キスをしたいし、体中をまさぐりたいし、パイパンだってよく見せてほしい。その奥がどうなっているのかまで……しかし、いまいちばん興味があるのは、別のところだった。

「ブラジャー、取ってもらっていいですか？」

遠慮がちにささやくと、

「えっ……」

真緒は顔をあげ、眉《まゆ》をひそめた。

「意地悪だな。わたしがいちばん自信ないところを、最初に言ってくるわけ？」

「いや、べつにそういうわけでは……」

「でもまあ、男の子なら、おっぱいに興味があるのは当然か……」

渋々《しぶしぶ》といった雰囲気で体を起こし、まずは太腿までさげてあったパンティとストッキングを脱いだ。それから、拓海の上に馬乗りになり、両手を自分の背中にまわした。

「本当に小さいわよ。がっかりした顔しないでね……」

「しっ、しませんよ」

人を傷つけるのが平気なわりには、自分は傷つきたくないらしい。女というのは、本当に扱いが難しい。

黒いレースのブラジャーがはらりとはずれ、白い乳房が現れた。拓海はあんぐりと口を開いて見とれてしまった。服を着ていても清潔感と透明感にあふれていたが、裸になったら倍増した。背中に羽の生えた天使のようだった。性格は完全に悪魔寄りなのに……。

露わになった乳房は、真緒が自分で言うほど小さくなかった。隆起が砲弾状に迫《せ》りだしているわけではないけれど、しっかりと女らしいフォルムをたたえている。手のひらにすっぽりと収まりそうなサイズが、かえって可愛らしい。乳首の色が薄ピンクだから、ますます……。

拓海は両手を伸ばし、下からすくいあげた。柔らかさに息を呑んだ。菜々子の乳房はもっと重くて弾力があったが、真緒のほうは揉みくちゃにしたら壊れてしまいそうな、繊細《せんさい》な感じだった。

「んんんっ……」

やわやわと揉みしだくと、真緒はきゅっと眉根を寄せた。サイズは小さくても、感度は高いらしい。柔らかな感触をじっくり味わいながら、じわじわと乳首に指を近づけていく。できることなら乳首は舌で愛撫したいが、真緒が馬乗りで上体を起こしているので、口が届かない。

「あんっ！」

指先が両の乳首に触れると、真緒は声をもらした。やはり、この部分はとびきり敏感なのだ。遠慮がちに撫で転《ころ》がしていると、硬く尖っていった。薄ピンクの可愛い色に似合わないほど、いやらしい尖り方だった。

「あああぁっ……」

コチョコチョとくすぐるように刺激してやると、真緒は身をよじってこちらに上体を倒してきた。拓海はすかさず乳首を口に含んだ。きっと真緒も、そうされたくて上体を被《かぶ》せてきたのだろう。

「むううっ……むううっ……」

拓海は鼻息を荒げて左右の乳首を交互に吸った。吸うほどに真緒のもらす声が甲高くなっていき、激しく身をよじるからだった。感じているのだ。こちらの拙い愛撫で……それが嬉しくてたまらない。

草むらのない彼女の股間は、拓海の腹部——陰毛の生え際あたりにぴったりと密着していた。オナニーでイッたばかりなせいだろう、熱い熱を放ち、濡れてもいたが、それがどんどんヌルヌルになっていく。新鮮な蜜を漏らしていることが、はっきりと伝わってくる。

5

「ああんっ、もう我慢できない……」

真緒が欲情に蕩《とろ》けきった顔で見つめてきた。

「もう入れていいでしょ？　童貞をもらっても？」

「はっ、はいっ！」

拓海は興奮に熱くなった顔でうなずいた。またもやクンニや手マンはなしなのか、とは思ったが、真緒もやはり、童貞に女を感じさせるテクニックなど期待していないのだろう。

それに、クンニや手マンをせずとも、彼女は充分に濡れていた。乳首を吸われながら股間をこちらの腹にこすりつけることで、呆れるほど大量の蜜を漏らしていた。

真緒は上体をこちらに倒したまま、少し後退った。菜々子は上体を起こして挿《そう》入《にゅう》していたが、真緒は顔と顔との距離が近いこの状態で結合しようとしているようだった。腰を浮かし、ペニスの先を入口へと導く。

「ちゃんとこっち見て」

眼を泳がせていると、真緒が唇を尖らせた。

「童貞を奪われるときの顔、しっかり見せてほしいの。いいでしょ?」

拓海は無言でうなずいた。ほんの少し胸が痛んだが、童貞でなくても童貞のようなものなので、勘弁してほしい。それに、真緒はこちらが童貞だと信じこんでいる。それによって興奮しきっている。ならば、真実はどうだっていいではないか。

「入れるわね……」

真緒がもじもじと腰を動かした。ペニスの先端が、熱く濡れている肉ひだに包みこまれていく。かなり濡れていたが、窮屈《きゅうくつ》だった。彼女は小柄だから、あそこも小さいのだろうか？

「んんっ……んんんっ……」

真緒も窮屈さを感じているようで、苦しげに眉根を寄せている。息をつめて、腰を動かしている。それでも眼は閉じない。拓海のこわばりきった顔に熱い視線を注いでは、半開きの唇で息をはずませる。

「んんんーっ！」

ひときわ苦しげにうめいて、拓海の体にしがみついてきた。上半身の素肌と素肌がすっかり密着し、真緒の体の火照りが伝わってくる。ペニスが感じている部分はもっと熱い。まるで煮えたぎっているようだ。

「全部入ったよ」

真緒が顔をのぞきこんでくる。眉根を寄せていても、決して眼は閉じない。自分が童貞を奪った男の表情を、堪能《たんのう》しているらしい。拓海もまた、真緒の顔から眼が離せなかった。自分のペニスを体の内側に入れている女の表情に、胸が熱くなる。快感と同時に、感動のようなものがこみあげてくる。

唇と唇が自然と近づき、キスをした。真緒がすぐに舌を出してきたので、拓海も口を開いて応えた。真緒は腰を動かさず、長々とキスを続けた。動かずとも、息ははずみ、素肌の火照りは増していく。

「動いてほしい？」

「はい」

「素直ね」

「いまでも気持ちいいのに、動いたらどうなるのか、ドキドキします……」

「ご期待に沿えるかしら」

真緒は悪戯《いたずら》っぽく鼻に皺《しわ》を寄せると、ゆっくりと上体を起こした。そこまでは想定内だったが、腰を振るのではなく、片脚を立てた。さらにもう片脚も立て、拓海の腰の上でＭ字開脚を披露《ひろう》した。

拓海は仰天《ぎょうてん》して眼を見開いた。それはあまりにもあられもない格好だった。

しかも、彼女はパイパンなのである。股間に草むらがないから、そそり勃ったペニスが女の花を貫《つらぬ》いているところが丸見えだ。

「ねえ、よく見て……」

真緒が動きはじめた。菜々子は股間をしゃくるように前後に動いていたが、そうではなく、スクワットをするように股間を上下に動かした。毛のない女性器で、ペニスをしゃぶってきた。股間をあげていくと、まるで「行かないで」とすがりつくように、アーモンドピンクの花びらが肉竿に吸いついてくる。

「わたしの恥ずかしいところ、よく見て……恥ずかしいのよ……ジロジロ見られて恥ずかしいんだけど……見てほしい」

真緒の股間の上げ下げは、かなりスローペースだった。ペニスの感触をじっくり味わうように、ゆっくりと抜いていき、体重をかけて落とす。恥ずかしい思いをするのが本当に好きらしく、やがて股間を上下させながら、アーモンドピンクの花びらを自分でひろげた。

「ねえ、ほら、奥まで見て……ピンク色で綺麗《きれい》でしょ？　ここがクリトリスよ。さっきオナニーしたときは、ここを指でいじってたの……こうやって……」

右手の中指をクリトリスにあて、くるくると円を描くように刺激する。

真緒の大胆さに圧倒されながらも、拓海は興奮しきっていた。そこまでされて、興奮しないわけがなかった。顔は燃えるように熱くなり、全身の血が逆流していくようで、いてても立ってもいられなくなってきた。

衝動的に下から突きあげると、

「ああんっ、いやあんっ！」

真緒がのけぞって声をあげた。

「ダッ、ダメよっ……そんなことしたら、おかしくなっちゃうっ……」

たしなめる口調ではなく、むしろ羞《は》じらいと困惑を露わにしながら言った。拓海は膝を叩きたい気持ちだった。これがいわゆる「いやよいやよも好きのうち」というやつだろう。

もう一度、ずんっ、と下から突きあげた。さらに、二度、三度……真緒は「いやいや」と首を振っているが、本気で嫌がっている様子ではない。眼の下をねっとりと紅潮させ、半開きの唇をわななかせている表情は、どう見ても悦《よろこ》んでいるようだ。

「ああんっ、助けてっ……」

真緒が両手を伸ばしてきたので、拓海も両手を差しだした。真緒はバランスをとれなくなっているようだった。指と指とを交錯させて、しっかりと手を繋《つな》いだ。真緒を支えながら、ずんっ、ずんっ、と下から突きあげていく。

「ああっ、いやっ……いやいやいやっ……」

髪を振り乱してあえぎにあえぐ真緒の下半身は、もう動いていなかった。M字開脚で中腰といういやらしすぎる格好で、拓海が突きあげるリズムを受けとめるので精いっぱいのようだった。

最高だよ……。

むらむらとセックスしている実感がこみあげてきた。菜々子が相手のときは手も足も出ず、じっとしているうちに終わってしまったけれど、いまは自分からも責めている。騎乗位で女に腰を振られるのも気持ちいいが、自分が動けばもっと気持ちいい。しかも、自分のペニスによって、真緒は泣きそうな顔になってよがっている。愛《いと》おしさが胸いっぱいにあふれてくる。

拓海は鍛《きた》えあげたシックスパックの腹筋に力をこめ、上体を起こそうとした。

あまりこちらから仕掛けると、童貞を騙《かた》っていることを見破られてしまうリスクがあったが、真緒を抱きしめたくてしかたがなかった。

しかし、

「ダメッ！」

拓海が上体を起こす前に、真緒のほうが上体を被せてきた。いまの「ダメ」は、本気で嫌がっている「ダメ」のようだった。

「今日はずっとわたしが上にいるの。童貞を奪った、というセックスがしたいの。だから我慢して」

「……わかりました」

対面座位から正常位への体位の変換――AVでよく見る流れを真似《まね》してみようと思ったのだが、失敗に終わった。ただ、真緒を抱きしめる体勢にはなったので、目的の半分は叶《かな》った形だ。

とはいえ、挿入したときとは、少し様子が違った。真緒は上体を倒してなお、両脚を立てたままだった。いわゆるスパイダー騎乗位というやつだ。

「んんっ……あああっ……」

拓海の顔にキスを雨を降らせながら、再び彼女が腰を振る格好になった。ひと口に騎乗位と言っても、いろいろなヴァリエーションがあるらしい。両脚を立てたままキスをしてくる真緒は、きっと体がとても柔らかいのだろう。

真緒はパイパンの蜜壺《みつつぼ》でねちっこくペニスをしゃぶりあげながら、顔以外にもキスをしてきた。汗ばんだ首筋に舌を這わせて、耳に熱い吐息を送りこみ、やがて、乳首までしたたかに舐めまわしてきた。

「おおおっ……」

拓海は思わず声をもらした。乳首が感じるのは女であり、男はその限りではないという先入観が、その瞬間、木っ端微塵《こっぱみじん》に吹き飛ばされた。ただ舐めるだけではなく、吸ったり甘噛みしたり爪《つめ》でくすぐったりしてくる真緒のテクニックが抜群なせいもある。乳首への刺激でペニスの硬さがますます増した感じがした。

限界が近づいてきた。

にわかにこみあげてきた射精欲が、ペニスの芯を甘く疼《うず》かせる。

「あっ、あのう……」

すがるように真緒を見た。

「もう出そう？」

「はっ、はい」

「出して……いいよ」

真緒はささやくと、視線を合わせているのを羞じらうように、耳元に唇を近づけてきた。

「中に思いっきり出して。わたしピル飲んでるから大丈夫」

ひそひそ声でささやかれ、拓海は全身を反り返らせた。中出しを許してくれるなんて、なんて素敵な女なのだろう。菜々子とのセックスでは、唯一それが不満だった。射精と同時に鈴口を吸われた口内射精は超絶的な気持ちよさだったが、やはり中出しをしなくてはセックスを完遂《かんすい》したことにはならないような気がする。

つまり……。

中出しができるのなら、これこそが初めてのセックスと言っていいだろう。図らずも、嘘をつく罪悪感からすっかり解放された。

真緒に清らかな童貞を捧げるつもりで抱擁《ほうよう》に熱をこめると、真緒の腰使いにも熱がこもった。パンパンッ、パンパンッ、とヒップを鳴らして、リズミカルにペニスをしゃぶりあげる。ふたりのはずむ呼吸が重なりあい、ひとつの生き物になったような錯覚が訪れた。ピッチをあげたことで、真緒も気持ちがいいのだろう。こちらを見つめている顔がみるみる真っ赤に上気していき、淫らに歪んでいく。

「わっ、わたしもっ……わたしもイキそうっ……」

「ダッ、ダメですっ！」

拓海も顔を歪ませて叫んだ。

「もう出ますっ！　出ちゃいますっ！」

「出してっ！　いっぱい出してっ！」

真緒が叫び返す。パンパンッ、パンパンッ、とヒップを鳴らす。お互い真っ赤な顔をし、眼を見開いて見つめあっている。真緒の興奮が伝わってきた。射精寸前で、ペニスがひときわ硬くなっているからだろう。むさぼるように腰を使いながら大量の蜜を漏らして、よがりによがる。

「ああっ、イクッ！　童貞のオチンチンでイッちゃうううーっ！」

拓海はもうずいぶん前から、息をつめていた。苦しかったが、呼吸をしようとは思わなかった。苦しさの先に、天国への扉が見えていたからだ。

「おおおっ……出るっ……もう出るっ……」

「イッ、イクッ！　イッちゃう、イッちゃうっ……」

「おおおっ……うおおおおーっ！」

雄叫《おたけ》びをあげて、男の精を放った。ドクンッ、という音が聞こえた気がした。灼熱《しゃくねつ》がペニスの芯を走り抜け、ヌメヌメした真緒の中に注ぎこまれる。真緒は腰を動かすのをやめようとしない。一滴でも多く男の精を吸いとろうとするかのように、蜜壺でペニスをしゃぶりあげてくる。

「ああっ、ビクビクしてるっ……オチンチンがビクビクしてて、とっても気持ちいいいーっ！」

拓海はこみあげてくる快感に身をよじりながら、ドクンッ、ドクンッ、と射精を続けた。これが本物のセックスだと思うと、感動がとまらなかった。すべてを放出しおえると、ぎゅっと眼をつぶった。瞼《まぶた》の裏に、熱い涙がどっとあふれた。

第三章　出すところを見せなさい

1

拓海は自室のベッドに横たわり、天井を見上げていた。

気分は冴《さ》えない。

平日の午後五時四十五分——勤めているスーパーの勤務時間は、朝九時から夕方五時まで。いつもならいまごろ、ジムで筋トレを始めている時間だったが、とてもそんな気になれなかった。仕事にも身が入らず、ボーッとしていて何度も先輩にドヤされた。惰性《だせい》でジムに行き、バーベルを持ちあげながらボーッとしてたりしたら、大怪我《おおけが》をしてしまう危険性がある。

気分が冴えない理由ははっきりしていた。

真緒のせいだ。

セックスのあと、お互いにシャワーを浴びてすっきりし、服を着け、あとはラブホテルを出ていくだけというタイミングで、拓海は誘いの言葉をかけた。

「あのう……よかったらこのあと食事でも……もう夕方ですし……よかったらというか、ぜひご一緒しませんか？」

「はっ？」

真緒は不思議そうな眼を向けてきた。

「食事？　わたしとキミが？」

「はい」

「どうして？」

「どうしてって……」

拓海は苦笑した。

「せっかくこうして知りあったんだから、もっと仲良くなりたいというか……食事をしながらいろいろお話ししませんか？」

拓海は真緒に恋をしていた。あれほど濃厚なセックスをしてしまったからには、恋をせずにはいられなかった。はっきり言って、菜々子のときと同じパターンなわけだが、菜々子のときはいきなりベッドの上で正座でお願いなんてしたから引かれてしまったのかもしれない。ここはもっとスマートに、食事でもしながらお互いの距離を縮めていきたい。

「わたし、就活中だって言ったよね？　忙しいのよ」

「いや、でも、食事くらい……」

「食事っていうかデートでしょ？　デートっていうのは、これからセックスをするかしないか見極めるためにするものよ。キミとはもうしちゃったんだから、デートなんてしてもねえ……」

「それはそうかもしれませんけど……」

拓海としては、次のセックスのためのデートなのだ。恋人になってほしいという願いが図々しいなら、せめてセックスフレンドになってほしい。

「それじゃあ、今日じゃなくてもいいですから……また会ってもらえます？」

「お断りよ」

真緒の口調は凍《こご》えるように冷たかった。

「わたしは童貞を奪うことに興味があっただけで、キミに興味があったわけじゃないもの。デートなんてしても、きっと退屈しちゃう」

どこかで聞いた台詞だった。菜々子も似たようなことを言っていたが、童貞好きの女は、童貞を奪ったらそれでいいのだろうか？

先ほどのセックスを思いだす。拓海も初の中出しを決めたわけだが、真緒だってイッていた。興奮しすぎてなにがなんだかわからなかったけれど、「イク」「イッちゃう」という彼女の絶叫だけは耳にこびりついて離れない。燃えあがるひとときを、ふたりで共有したことは間違いないのである。

なのに……。

童貞でなくなれば興味がないとはひどすぎる。拓海との関係を継続させるくらいなら、次の童貞を探したほうがマシだとでも言いたいわけか？

「……なに泣いてるのよ？」

真緒が呆れたように言った。

拓海はこみあげてくるものを我慢できず、目頭《めがしら》を押さえていた。

「だって……だってあんまりじゃないですか？　そりゃあ、真緒さんが童貞好きなのは知ってましたよ。それにつけこんで筆おろしを頼んだのはこっちですよ。でも、だからって、終わった瞬間にこんなに冷たくなるなんて……」

「わたし、自分に嘘をつけない女なの」

ポンと肩を叩かれた。

「キミのことは好きでも嫌いでもない。わたしはただ、童貞を奪ってみたかっただけ……それが嘘偽《いつわ》りのない本音《ほんね》なのよ。だからごめんなさい。それ以上のことを望まれても、わたしには応《こた》えることができないの」

くるりと背中を向け、部屋を出ていこうとした。しかし、拓海がむせび泣いているので、さすがに良心がとがめたのだろう。扉まで行ったが、戻ってきた。

「あのさあ……せっかく気持ちのいいセックスしたのに、こんな別れ方じゃ後味悪いんですけど」

「だったら、せめて食事を……」

「それはお断りって言ってるでしょ」

「でも、好きになっちゃったから……」

「嘘言いなさい。一回セックスしたくらいで、好きになるわけないじゃない。錯覚よ、錯覚。キミ、わたしのことなんにも知らないでしょ？」

「だからそれをこれから知りたいと……」

「正直に答えなさい」

真緒は拓海の双肩をつかむと、泣き顔をのぞきこんできた。

「キミの本当の望みはなに？　恋人が欲しいの？　それともセックスがしたいの？　自分の胸に訊《き》いてみて。なにが欲しいかわからない人間は、結局なにも手に入れることはできないわよ」

「……セックス」

心のままに拓海は答えた。こちらを見つめる真緒の瞳があまりにも澄んでいたので、嘘をつくことができなかった。

「セックス……セックスがしたいんです……ねえ、真緒さん。セックスがしたくてしたくて、たまらないんです……」

二十二歳にもなった男が、涙ながらに言う台詞ではなかった。しかしそれは、どこまでも赤裸々《せきらら》な心の叫びだった。

童貞時代に、これほどセックスがしたいと思ったことはない。セックスがどういうものか、よくわかっていなかったからだ。

しかし、女体の柔らかさや、お互いに生まれたままの姿で素肌をこすりあわせる心地よさや、なにより、ひとつになったときの全身が満たされるような快感を知ってしまったいま、それをできないのはつらすぎる。心身が渇《かわ》いて飢餓《きが》状態になり、他のことはなにも考えられなくなりそうだ。

「なるほどね。セックスを知ってしまったばかりに、もっとセックスがしたくてしようがないんだ。ということは、童貞を奪ったわたしにも少しは責任があるか……」

真緒は大きな黒眼をくるりとまわした。

「でも、セックスがしたいなら、自前で相手を見つけるのが一人前の男よ。わかるわよね？」

「わかりますけど……」

「渋谷に〈フライング・ソーセージ〉ってスタンディングバーがあるから、そこに行きなさい。いまいちばんホットなナンパスポットなの」

「ナンパスポット……」

拓海は泣き笑いのような顔をした。

「ナンパなんてできるわけないじゃないですか。さっきまで童貞だった僕に……」

「大丈夫。ナンパはナンパでも、逆ナンで有名なお店だから。つまり、女が男を引っかける場所なわけ」

「逆ナン、ですか……」

「そう。とはいえ、みんながみんな、眼の色変えて男に群がってくるわけじゃないけどね。黙って飲んでるだけの女もいるけど、そういうタイプも淋しさをもてあましてるっていうのが暗黙の了解なの。ついでに言えば、〈フライング・ソーセージ〉でモテるのは、お金持ちやイケメンやトークが達者な男じゃなくて、あなたみたいなウブなタイプ。ね、そこに行けば相手なんてすぐ見つかるわよ……」

自宅のベッドに転がっている拓海は、視線を天井から壁時計に移した。

まだ五時五十分だった。先ほどから五分しか経《た》っていない。ジムに行かないと、アフターファイブが本当に長い。

真緒に勧められた店には、まだ足を運んでいなかった。彼女はああ言っていたけれど、逆ナン・スポットに行ってみたところで、モテる自信がまったくなかったからだ。ついこの前まで童貞を恥《はじ》とも思わず、恋愛のステージからおりていた拓海にとって、そういう場所は鬼門《きもん》としか言い様がないのである。

しかし……。

真緒とセックスしたのが日曜日で、いまは木曜日。女体に対する渇《かわ》きはいよいよ限界に達し、禁断症状でなにも手につかない。このまま自宅にこもっていたところで、朝まで虚《むな》しいオナニー大会を続けるだけだ。これも童貞を失って初めて知ったことだったが、セックスへの渇望感《かつぼうかん》はオナニーで埋《う》めあわせることができない。むしろ、余計に渇く。喉《のど》がカラカラのとき甘ったるいジュースを飲んだ感じに似て、七転八倒することになる。

2

〈フライング・ソーセージ〉は意外にも普通の店構えだった。

空前の立ち飲みブームの昨今、スタンディングバーはどの街にもあふれかえっている。どこも女性客を意識したおしゃれな内装で、クラフトビールや地酒やワインにこだわったりしているが、それらとあまり大差なかった。アイリッシュパブふうの造りは重厚で、黒ビールが名物のようだったが、それ以外にめぼしい特徴はなく、当たり前だが入口に「逆ナンの店」と謳《うた》っているわけでもない。

拓海はエールビールを飲みながら店内の様子をうかがった。

時刻は午後七時をまわったところ。どの酒場も賑やかになる時間帯で、〈フライング・ソーセージ〉も例外ではなかった。立錐《りっすい》の余地もない、というほどではなかったが、学校の教室ほどのスペースで三十人ほどの男女が酒を楽しんでいる。

真緒に与えられた情報がなければどこにでもある光景に見えただろうが、男女ともひとり客が多かった。しっぽりと身を寄せあっているカップルや、大声で騒いでいる男女のグループが見当たらない。男と女がツーショットで話していても、なんとなく雰囲気がぎこちなく、初対面である様子が伝わってくる。

ここはやはり、ホットなナンパスポットなのだ。

それも逆ナンの……。

じわり、と拓海の背中に冷や汗が浮かんだ。真緒の話が嘘だったら嘘だったで、酩酊《めいてい》するまで飲んでやろうと思っていたのだが、どうやら本当らしい。つまり、拓海はすでに、ナンパのステージに立たされているということになる。ナンパなど生まれてから一度もしたことがないし、しようと思ったことさえないのに……。

とはいえ、ここにセックスのチャンスが転がっているなら、逃げだすわけにはいかなかった。どうせ家に帰っても、オナニー大会からの苦悶《くもん》という地獄めぐりが待っているだけなのだ。オナニーで満足できていた童貞時代が懐《なつ》かしい。同じ射精なのに、セックスはどうしてあれほど気持ちよく、充実感があるのだろう？

さりげなく、まわりの女を物色した。年齢層は比較的高く、二十代後半から三十代後半くらいが中心だった。みな小綺麗な格好をし、極端なブスはいない。菜々子や真緒に比べれば多少落ちるが、それでもクラスでベストスリーに入れるくらいのルックスがちらほらいる。

ビールのおかわりをするついでに、場所を移動した。ここが逆ナン・スポットなら、向こうから声をかけられる可能性も捨てきれなかった。というか、はっきり言ってそれを期待していた。声をかけられたなら、贅沢《ぜいたく》を言わないで誰にでもついていこうと思った。とにかくセックスがしたかった。

と、そのとき……。

ひとりの女が眼に飛びこんできた。

真っ黒いストレートロングの髪にシルバーグレイのパンツスーツ——知的な美貌とすらりとしたスタイルが、美人特有のオーラを放っていた。オーラというよりバリアだろうか、店内にいる女の中でも段違いに美人すぎるので、彼女のまわりだけ人がいない。

年は三十代半ばだろうか。菜々子も美人だったが、菜々子がふんわりした美人だとすれば、彼女はくっきりとした美人だった。いかにも頭がいいキャリアウーマン風情《ふぜい》で、威圧感がある。もしかすると、ここが逆ナン・スポットと知らずに入ってきたのかもしれない。そんな場違いな感じがするほど美しい。

拓海の耳に、真緒が別れ際に言っていた言葉が蘇《よみがえ》ってきた。

「ナンパの秘訣《ひけつ》をひとつ教えてあげるね。いちばん綺麗だと思う人のところに、まっすぐに行くの。隙のない高嶺《たかね》の花にこそチャンスがあるわよ。そういうタイプって、意外にモテないから。みんな遠慮しちゃうのよねー、美人すぎると。でも、どんなに美人でも性欲はあるから。家に帰ればオナニーするし、たまにはゆきずりの男と爛《ただ》れたセックスがしたいときだってあるわけよ」

まるで、いま目の前にある光景を、予言しているような台詞である。

続けて、こうも言っていた。

「そういうタイプは、男の容姿を問わない場合が多いのよね。美しい顔なんて、毎日鏡で見てるんだもん。頭のいい男もダメ。競っちゃうから。好きなのは、年下のウブな男。キミみたいな……」

本当だろうか？　と胸がざわめく。真緒は悪魔的なドスケベだったが、その手の嘘はつかない気がする。むしろ、他人の恋バナが大好物で、そういうことばっかり考えている人なのではないか？　ということは、信憑性《しんぴょうせい》が高い……。

賭けてみることにした。

べつにナンパに失敗したところで、命まで取られるわけではない。断られたら断られたで、すごすごと退散すればいいだけだ。

「すいません……」

近づいていき、声をかけた。

「少しお話しさせてもらってもいいですか？」

睨《にら》まれた。切れ長の眼がこちらに向いた瞬間、拓海の背筋は凍《こお》りついた。本物だ、と思った。恋愛経験のない拓海だが、人よりたくさん映画を観ている。そこで学んだのは、美しい女優ほど、怒った顔が怖いということだった。怒った顔が怖い女が、本物の美人と言ってもいい。

「話ってなにかしら？」

「いや、その……お近づきになりたいというか……」

「近づいてどうするの？」

「どうするっていうか……それはその……」

取りつく島もない感じだった。背筋だけではなく、顔まで凍りついたように固まってしまう。

「僕、童貞なんですよ」

それは咄嗟《とっさ》に出た台詞だった。勝算があって言ったわけではない。店の中なのでひそひそ声でささやいた。

「彼女がいたこともなければ、エッチした経験もないので、女の人とどうすれば仲良くなれるのか知りたくて、それで……」

「……ふうん」

女の眼つきが変わった。

「あなた、年いくつ？　二十歳くらい？」

「二十二です」

「二十二歳にもなってチェリーなんだ？」

「恥ずかしながら」

嘘をついた罪悪感はなかった。それよりも、彼女が話に食いついてくれたので、心の中でガッツポーズをとっていた。

「女の人と仲良くなって、どうしたいの？」

「それは……もちろん……僕の初めてを捧げたいというか……」

女はむっつりと押し黙った。

「図々しいですかね？」

「べつに普通でしょ。誰だって最初は童貞なんだから」

「どうやって口説けば……」

「素直がいちばんじゃないかな。見栄《みえ》張ったってしようがないわよ。ゴー・フォー・ブローク。当たって砕《くだ》けろ」

もっともな助言だった。

「お願いします」

拓海は深々と腰を折り曲げ、右手を差しだした。しばらくそのままの体勢でいたが、女は手を取ってくれなかった。眼をあげると、夜叉《やしゃ》のような顔でこちらを睨んでいた。怖かった。と同時に、ぞくぞくするほど綺麗だった。

3

連れていかれたのは、新宿にある高級シティホテルだった。

車止めがあり、ドアマンがいて、ロビーには仕立てのいいスーツ姿のエグゼクティブが悠然と闊歩《かっぽ》し、ドレスコードのあるレストランが入っているようなところだ。

女は早乙女《さおとめ》詩織《しおり》と名乗った。

タクシーの中で聞いた話によれば、ニューヨークにある外資系金融機関に勤めていて、仕事の関係で一時帰国中らしい。どうやら、本物の美人であるだけではなく、かなりのエリートでもあるようだ。

そんな彼女がなぜ、逆ナン・スポットとして知られる〈フライング・ソーセージ〉のようなところにいたのかはわからない。たまたま喉が渇いて立ち寄っただけなのかもしれないし、真緒の言うようにどんな美人やエリートでも、性欲はある、ということなのかもしれない。

いずれにしろ、拓海は無事、お持ち帰りされることに成功した。

ニコリともしない詩織の態度に一抹《いちまつ》の不安は覚えたものの、滞在中のホテルの部屋に連れてきてくれたということは、ベッドインするつもりがあるということだろう。なにしろ、こちらの目的はしっかり伝えている。再び童貞を騙るという反則技は使ったけれど、欲望を隠しているわけではない。

部屋に入ると、詩織はフロントに電話をかけ、ルームサービスを頼んだ。赤ワインのボトルとオードブル。何万円もしそうだったが、さすがに値段を訊くのははばかられた。赤ワインは飲んだことがないような芳醇《ほうじゅん》な香りとまろやかな口当たりで、酔いがまわりそうだった。アルコールに、というより、優雅な雰囲気に……。

L字形のソファの斜《なな》め向かいに座った詩織は、やはりニコリともしなかったが、リラックスしているように見えた。〈フライング・ソーセージ〉にいたときのような、人を寄せつけないオーラは緩和されていた。

「シャワー、先に使ってもいいわよ」

うながされ、拓海はバスルームに向かった。熱いシャワーを浴びながら、これから起こるであろうことに思いを馳《は》せた。胸がざわめいてしかたなかった。シャワーまで使わせてくれたということは、これはもう完全にベッドインの流れであろう。あの怖いくらいの美人とセックスできるのである。

それにしても……。

「童貞」というワードに食いついてきたということは、詩織もまた童貞を奪うことに性欲を疼《うず》かせるタイプということになる。菜々子や真緒と一緒だ。行動も似ている。とにかく密室にこもってセックス——それだけだ。会話をはずませようともしなければ、人間関係を築こうともしない。セックスあるのみ……。

少し淋しかったが、贅沢《ぜいたく》は言えない。詩織のような美人とセックスができる幸運に、高揚《こうよう》しない男なんているはずがない。

バスルームを出ると、詩織はワイングラスを手にして窓辺に立っていた。眼下には、まばゆいほど煌《きら》めく夜景。絵になる風景だった。どことなく憂《うれ》いを帯《お》びたような横顔でワイングラスを口に運んでいる詩織は、夜景にも負けないほど美しかったが、拓海はつい、いやらしいことを考えてしまった。こういう場所でセックスするときは、夜景を見ながら立ちバックをしたほうがいいのだろうか……。

「あのう……」

詩織がバスルームに向かおうとしたので声をかけた。

「できれば、シャワーを浴びずにお願いできますか？」

セックスの前にシャワーを浴びるのは不粋《ぶすい》であると、拓海は真緒に教わった。

ボディソープの匂いがする相手とセックスしてなにが楽しいの、という彼女の意見に、納得させられた。真緒ほどの匂いフェチになれる自信はなかったが、女の生の体臭は、たまらなく興奮を誘うものだった。

ただやはり、自分のほうは恥ずかしいので清潔にしてきてしまったが……。

「ふうん……」

詩織はつまらなそうに答えた。

「まあ、どっちでもいいけど……童貞のくせにマニアックなのね？」

「童貞だからマニアックなんですよ」

嘘ばかりがすらすらと口から出てくる自分に、拓海は我ながらちょっと引いた。

「二十二年分のいろんな思いが詰まっているというか……夢と希望に胸を躍《おど》らせているというか……」

「夢と希望、ね……」

詩織はふっと笑った。と言っても、鼻で笑う感じで眼は笑っていなかったが……。

「じゃあ、裸を見せてよ。鍛えてるんでしょ？　服の上からでも筋肉が盛りあがっているのがわかったわよ」

拓海は部屋に備えつけられたバスローブに身を包んでいた。驚くほど柔らかいパイル地のものだった。下着は着けていない。股間のものは、すでに勃起していた。シャワーを浴びながら妄想をふくらませているだけで勃ってしまったので、仮性包茎がバレないようにきっちりと剝いてある。

堂々とバスローブを脱いだ。童貞を騙っているので、あまり堂々と脱ぐのもいかがなものかと思ったが、ついそうしてしまった。

詩織が眼を丸くする。

「ずいぶん立派じゃない？」

筋肉の話ではないようだった。詩織の視線は、まっすぐに股間に向かっていた。熱い視線で、舐めるように見つめてきた。

「そっ、そうですか……」

拓海はさすがに恥ずかしくなった。仮性包茎を気づかれないように偽装したことでちょっと強気になっていたが、詩織はまだシルバーグレイのパンツスーツ姿なのである。自分だけ全裸でいて恥ずかしくないわけがない。

「これがまだ、女を知らない清らかなオチンチンか……」

詩織は膝を揃えてしゃがみこむと、息のかかる距離でそそり勃ったペニスをまじまじと見つめてきた。

「でも、そのうち女を泣かせるようになるんでしょうね……憎たらしい」

拓海はドキリとした。笑顔を見せないクールな詩織が、感情的な言葉を吐いたのを、初めて聞いたからである。

詩織は再び立ちあがると、

「わたしにまかせてもらっていいわよね？」

拓海をまっすぐに見つめて言った。聞き慣れた言葉だったので、拓海は驚かなかった。童貞好きな女というのは、要するに自分が好きなようにセックスがしたいのだろう。

「どうぞ……おまかせします」

「本当？」

詩織は悪戯っぽく片眉をあげると、拓海が脱ぎ捨てたバスローブから腰ベルトを抜いた。

「じゃあ、こんなことをしてもいい？」

「えっ……」

突然後ろ手に縛られてしまい、拓海は焦《あせ》った。

「なっ、なんでこんなことをっ……」

「さあ、なんででしょう？」

詩織がシルバーグレイのパンツスーツを脱ぎはじめたので、拓海は言葉を継げなくなった。両手の自由を奪われたままなのは不安だが、興奮に心拍数があがっていく。この期《ご》に及んでなお、詩織が服を脱いでいくことに現実味がわいてこない。

こんな美人が本当に……。

美人と言えば菜々子もそうだったが、彼女は合コンをよくやってそうというか、パーティピープルの匂いがするというか、恋愛の場数を踏んでいそうだった。詩織にはそういう雰囲気がいっさいない。男が髪型や装《よそお》いを褒《ほ》めただけでセクハラだと眼を吊りあげそうな、潔癖症めいた知的美人なのである。

その詩織が、キャリアウーマンの象徴めいたパンツスーツとシャツを脱いだ。

いきなり雰囲気がガラリと変わった。ブラジャーとパンティのベースはクリーム色、いかにも高級ブランドものらしき花の刺繍《ししゅう》がふんだんについたもので、スリムでありながら凹凸に富んだスタイルを華やかに飾りたてていた。

しかも、その下着は三点セットで、ガーターベルトがついていた。ナチュラルカラーのストッキングが太腿で切れるセパレート式、それをストラップで吊っていたのである。

拓海は啞然《あぜん》としてしまった。

ガーターストッキングなんて、AV嬢や風俗嬢などその筋のプロ以外は着けないものだと思っていたからだ。もしかすると、海外では普通なのだろうか？　淑《しゅく》女《じょ》のたしなみであったりするのか？　隙のないパンツスーツの下を、セクシーランジェリーで飾ることが……。

「あら元気」

興奮のあまり、釣りあげられた魚のようにビクビクと跳ねているペニスを見て、詩織はクスリと笑った。もちろん、眼は笑っていなかった。しかし、先ほどまでのような険《けわ》しさもなくなっていて、瞳の色がどことなく色っぽくなっている。

「座って」

その部屋はシングルベッドがふたつ並んだツインルームだった。そのうちのひとつに、拓海は腰をおろした。

詩織は拓海の両脚の間に膝をつくと、至近距離からペニスをまじまじと眺めてから、白魚のような指をからめてきた。拓海は息をつめて身構えた。フェラをされる、と思ったからだ。しかし詩織は、唇を寄せてはこなかった。かわりに、唾を垂らしてきた。亀頭に向かってツツーッと……。

知的な美女が唾を垂らす光景というのも、それはそれで卑猥なものだったし、亀頭に生温かい唾液がかかった瞬間には、背筋が伸びあがった。詩織は唾液の分泌量が豊富らしく、ツツーッ、ツツーッ、と次々に垂らされた。亀頭がすっかり唾液にまみれると、肉竿をしごかれた。

詩織はしごきながらも、唾を垂らすのをやめなかった。包皮の中に流れこんできて、ニチャッ、ニチャッ、と恥ずかしい音がたった。

拓海は顔を燃えるように熱くしながら、身をよじっていた。あまりの快感に、じっとしていることができなかった。手コキなら、菜々子にもされた。ボディソープをつけたヌルヌルの手指でしごかれた。

しかし、詩織のやり方はどこか違った。肉竿に添えられた指先の力は弱く、そのくせ、包皮をしっかりと亀頭に被せてから、限界まで剝いていく。ストロークが長く、動きはゆっくりで、なんとも言えずいやらしい。

「舐めてほしい？」

詩織がささやく。その唇は、薄くてとても上品だ。

「おっ、お願いしますっ……舐めてほしいですっ……」

拓海が息をはずませながら言った瞬間だった。上体を後ろに倒された。ベッドの上だったので痛くはなかったが、どういうわけか両脚までひろげられ、女のようなM字開脚に押さえこまれた。

一瞬、なにが起こったのかわからなかった。ねろり、と変なところに舌が這《は》った。そこが肛門《こうもん》だと気づくと同時に、くすぐったさに身をよじった。

信じられなかった。フェラチオをされるとばかり思っていたのに、まさかアヌスを舐められるとは……。

しかも相手は、ウォール街で働いている国際的なエリートにして、パンツスーツをきりりと着こなしていた知的美人。いったいどうなっているのか……。

ねろねろ、ねろねろ、と舌が動く。そうかと思えば、尖らせた舌先で、細かい皺をなぞりたてる。

「おおおっ……おおおおっ……」

拓海が思わず声をもらしてしまったのは、詩織がアヌスを舐めながら、ペニスをしごいていたからだった。アヌスを舐められるのはくすぐったいが、同時にペニスをしごかれているので、快感も押し寄せてくる。次第《しだい》に、ふたつの刺激が渾《こん》然《ぜん》一体となり、訳のわからない熱狂が訪れた。

4

シャワーを浴びておいて本当によかった。

仮性包茎の中ももちろん念入りに洗っておいたが、今日はどういうわけか、いつもより尻の穴も丁寧に洗った。本能がこの展開を予感していたのだろうか？

そんなわけはないと思うが……。

「オチンチンも舐めてほしい？」

詩織に訊ねられ、拓海はヘッドバンギングのような勢いでうなずいた。

「なっ、舐めてっ！　舐めてくださいっ！」

「でも……」

詩織が立ちあがる。

「その前に、わたしのほうを舐めてほしいかな……」

拓海はもう一度ヘッドバンギングがしたかったが、動けなかった。M字開脚を閉じるのも忘れるほど感激していた。菜々子も真緒もクンニリングスをさせてくれなかったからだ。詩織のようなタイプに向かってそれを求める根性はなかったが、向こうから言いだしてくれるなんて嬉しすぎる。

「あお向けになって……」

詩織はベッドにあがってくると、天井を向いている拓海の顔をまたいだ。和式トイレにしゃがむ要領で、ゆっくりと腰を落としてきた。下着は着けたままだった。クリーム色の生地に色とりどりの花が刺繍されているパンティが、股間にぴっちりと食いこんでいた。

至近距離に近づく前から、芳《かぐわ》しい匂いが漂ってきそうだった。なにしろ彼女は、シャワーを浴びていない。高級ランジェリーで美しく飾りたてていても、その奥には一日分の匂いを閉じこめているのである。

詩織は腰を落としきり、拓海の顔の上でM字開脚を披露した。息のかかる距離に股布が近づいてくると、その奥から、はっきりといやらしい匂いが漂ってきた。予想以上に強い匂いだった。磯《いそ》の香りとチーズのような発酵臭《はっこうしゅう》が入り混じった、複雑な芳香《ほうこう》だ。いい匂い、というわけでもないのに、嗅いでいると全身の細胞がざわめく。本能を揺さぶられてしまう。

詩織の指が、パンティのフロント部分にかかった。ゆっくりと片側に寄せていった。まず見えたのは、黒い草むらだった。縮《ちぢ》れがなく艶《つや》やかな細い毛が、優美な小判形に茂っていた。名人が手塩にかけた盆栽《ぼんさい》のように綺麗だった。しかし、その下には女の花が隠れている。アーモンドピンクの花びらが、眼に飛びこんでくる。左右対称で行儀よく口を閉じ、縦に一本の筋を通している。

綺麗な花だった。毛が生えているのが小丘の上だけで、花のまわりに無駄毛がないからだろう。花びらにくすみもなく、色艶の美しさに圧倒される。女性器くらい、ネットの裏画像で数えきれないほど見たことがあるが、これほど綺麗なものはお目にかかったことがない。

「さあ、舐めて……」

詩織の声が震えているのを、拓海は聞き逃さなかった。いきなりアヌスを舐めてきた大胆な彼女も、さすがに恥ずかしいらしい。あるいは期待に震えているのか？　感じるところをペロペロされて、思いきりよがりたいのか？

なにしろ初めてのことなので、詩織を満足させる自信なんてなかった。しかし、それは彼女も了解済みのことだ。ゴー・フォー・ブロークの精神で、とにかくやってみるしかない。

鼻息を荒げながら、舌を差しだした。花びらと花びらがぴったりと重なりあっている縦筋を、ねっとりと舐めあげた。

「んっ……」

詩織が小さく声をもらした。声をあげたいのはこちらのほうだ、と拓海は思った。なんといういやらしい舐め心地だろう。唇のようでいて、全然違う。たしかにセックスのための器官であるという、卑猥な舐め心地に身震いが起こる。

ねろり、ねろり、と縦筋を舐めあげた。しつこいくらいに舌を這わせていると、やがて花びらと花びらの合わせ目がほつれ、奥が見えてきた。つやつやと濡れ光る薄桃色の粘膜が、薔薇《ばら》の蕾《つぼみ》のように幾重《いくえ》にも重なりあっていた。ここが源泉のようだった。いやらしい蜜をあふれさせている……。

早速そこを舐めようとすると、

「ねえ……」

詩織が声をかけてきた。

「びらびらしてるところ、しゃぶってもらえる？」

「えっ、ああ……はい……」

拓海は花びらを一枚ずつ口に含み、ヌメリをとるように舐めまわした。口に含むと、卑猥な感触が倍増して感じられた。よく伸びるのもいやらしいし、舐めるほどに厚みを増していくのもエロティックだ。

「ああっ、すごくいいっ……」

詩織が息をはずませる。見上げると、眼の下がねっとりと紅潮していた。眉根を寄せ、唇を半開きにした表情に、悩殺されてしまった。

なんていやらしい……。

知的な美貌をしているだけに、感じている表情がいやらしすぎる。ハアハアとはずませている吐息《といき》が、桃色に輝いて見えそうだ。

「今度はこっち……」

パンティを片側に寄せていた白魚の指が、割れ目に移動した。拓海が舐めしゃぶったことで、左右の花びらは蝶々《ちょうちょう》のような形に開いていた。その上端にある小さな包皮を、詩織の指はめくった。小粒の真珠のような突起が見えた。

クリトリス、だろう。

数ある女の性感帯の中でも、もっとも敏感だと言われる……。

「なっ、舐めますよ……」

拓海は緊張にこわばった舌先で、それを舐めた。正確に言えば、舐めたというよりちょんと触れただけだったが、

「あああーっ！」

詩織は甲高い悲鳴をあげた。彼女の話し声は、どちらかと言えば低いほうだった。しかし、いま口から放たれた悲鳴は裏声のように高く、か弱そうに震え、仔《こ》

猫《ねこ》の鳴き声みたいに可愛らしい――知的な美貌に似合っていなかった。似合わないゆえに、たまらなくいやらしい。

その声をもっと聞きたくて、拓海は夢中で愛撫した。小さな突起を舌先でくすぐるように舐めまわし、唇を押しつけて吸いたてた。詩織があえぎ、よがり泣く。女を感じさせているという実感が、拓海を熱狂に駆りたてる。

一方の詩織も熱狂し、我を失いかけているようだった。腰をさらに落とし、拓海の顔に股間を押しつけてきた。拓海は自由に舌が使えなくなってしまったが、そんなことおかまいなしにびしょ濡れの花で顔面を撫でまわしてくる。顎から鼻まで、拓海の顔はあっという間にヌルヌルに濡れまみれていく。

「たっ、たまらないわっ……」

詩織は紅潮した頬をひきつらせて言った。

「そのぎこちないやり方……あなた、正真正銘、童貞ね……」

褒められているのかけなされているのかわからなかったが、詩織としては求めていたクンニなのだろう。拓海はさらに舐めまわそうとした。しかし詩織は、腰をあげて尻を向けてきた。

「せっかくだから、一緒にしましょう」

こちらに尻を向けた状態で、四つん這いになった。

これはまさか……。

拓海が身構えた次の瞬間、ペニスを握られた。生温かい舌の感触が、亀頭に襲いかかってきた。

「おおおっ……」

拓海はしたたかにのけぞった。先ほどは舐めても咥えてもくれなかったペニスに、ようやく詩織の舌が届いたのだ。チロチロ、チロチロ、と動く舌の刺激が、身をよじるくらい気持ちよかった。しかし、フェラの快感に溺《おぼ》れているわけにはいかなかった。詩織は「一緒にしましょう」と言った。つまり、シックスナインを求められているのだ。

目の前には、詩織の尻が突きだされていた。小ぶりながら丸みの強い、桃の果実のような美尻だった。

先ほど片側に寄せられていた股布は、詩織が動いたせいで元に戻っていた。まずはもう一度、女の花をさらけだすことから始めなければならない。

　とはいえ、拓海の両手は後ろ手に縛られている。もどかしさに歯軋《はぎし》りしながら、口を使ってなんとかパンティをおろそうとしていると、詩織が気づいて自分でおろしてくれた。ガーターのストラップの上からパンティを穿いていたので、それほど難しいことではなかった。

　白磁のように白く輝く尻の双丘と、匂いたつ女の花が現れた。だが、拓海の視線が真っ先にとらえたのは、その上にあるセピア色のすぼまりだった。お尻の穴である。こんなところまで見られて、詩織は恥ずかしくないのだろうかと思った。いや、恥ずかしいと言えば、拓海は先ほどそこを舐められたのだ。あれは強烈だった。尻の穴を舐める女は、自分も尻の穴を舐められるのが好きだろう。ねろりと舌を這わせると、

「あああああーっ！」

　詩織は獣じみた声をあげた。予感は的中したようだった。詩織はそこが感じるらしい。拓海はねちっこく舐めまわしつつ、舌先を尖らせて細かい皺をなぞりたてた。それから、女の花にも舌を伸ばしていった。舌が泳ぎそうなほど濡れた窪《くぼ》地《ち》をくすぐりまわし、ヌプヌプと舌先を沈めこんでいく。

「ああっ、いいっ……」

詩織はあえぎつつも、ペニスを口唇に咥えてきた。ペニスを咥えた知的な美貌が拝めないのは残念だったが、「むほっ、むほっ」と鼻息も荒くしゃぶりあげられると、頭の中が真っ白になった。

お返しとばかりに、拓海も舌を素早く動かし、薄桃色の粘膜をしたたかに刺激した。すさまじい興奮状態に陥《おちい》っていた。これこそ淫らな共同作業の最たるものだと思った。舐めて舐められるシックスナインの素晴らしさに、拓海は溺れた。

5

「あっ、あのう、詩織さんっ！」

拓海はたまらず声をあげた。シックスナインが始まってから、おそらくもう十分以上が経過していた。一方的に舐められているわけではないので、少しは射精欲をコントロールすることができたが、それにも限界がある。

「そっ、そんなにされたら出ちゃいますっ！　出ちゃいますよっ！」

一度くらい放出しても、すぐに回復できる自信はあった。拓海はまだ二十二歳。精力のありあまっているお年ごろで、オナニーなら三度続けてすることも珍しくなかったからだ。

とはいえ、やはりせっかくならセックスで放出したい。後ろ手に縛られていることから考えると、菜々子や真緒と同じように、詩織も騎乗位で繋がってくる可能性が高かった。他の体位も試してみたいが、贅沢を言ってはきりがない。詩織のような知的な美女が、悩殺的なガーターストッキング姿で腰を振ってくれるなら、それはそれで興奮するに決まっている。

詩織が腰をあげ、拓海の上から降りた。添い寝するような格好で、横から身を寄せてきた。

顔と顔が近かった。詩織の知的な美貌は生々しいピンク色に上気して、欲情に蕩《とろ》けているように見えた。

セクシーだった。見つめあいながら、唇と唇が自然と近づいていく。舌と舌をからめあうと、ねちゃねちゃと音がたった。先ほどまで、自分のペニスを舐めていた舌だが、気にならなかった。むしろ、あれほどの快感を与えてくれてありがとうと、感謝の気持ちでいっぱいだった。

それにしても……。

後ろ手に縛られた両手がもどかしすぎた。こんなことにいったいどんな意味があるのかわからない。両手さえ自由なら、詩織を抱き寄せることができた。女らしい華奢《きゃしゃ》な肩を抱き、雪のように白い素肌を撫でまわすことが……。

詩織が動いた。ブラジャーのホックをはずし、カップをめくったのだ。拓海は目ん玉が飛びだすほどの衝撃を受けた。クリーム色の生地に色とりどりの花の刺繍が施《ほどこ》されたブラジャーは高級感たっぷりなうえ華やかだったが、その可憐なデザインのおかげで気づかなかったらしい。

詩織はとんでもない巨乳だった。ただ大きいだけではなく、砲弾状に迫りだした美巨乳だ。ブラジャーを取ると、あまりに重々しい胸のふくらみと、知的な美貌がアンバランスなほどだった。

それを二の腕に押しつけながら、詩織が再び身を寄せてくる。後ろ手に縛られた状態がますますもどかしく、拓海は身をよじった。揉みたかった。両手を使って、類《たぐ》い稀《まれ》な美巨乳を揉みくちゃにしたかった。

「てっ、手をっ……ほどいてもらえませんか？」

我慢できずにささやき、ごくりと生唾を呑みこむ。乳房はたわわなサイズなのに、乳首は小さめだった。それがじわじわと硬くなり、二の腕に存在感を示してくる。

「ダメよ」

詩織は口許だけで卑猥に笑った。

「わたしにまかせるって約束したじゃない？」

「しっ、しましたけど……」

「両手が自由になったら、なにをしたいの？」

「おっ、おっぱいを……揉みたいです。こんな巨乳が目の前にあるのに、揉めないなんて蛇《へび》の生殺《なまごろ》しです」

なにも乳房だけではない。両手が使えさえすれば、クンニだってもっとうまくできたはずだ。アヌスを舐めながらクリトリスをいじったり、濡れた肉穴を指で掻きまわすことだって……。

「残念ながら揉ませてあげることはできないわね。諦めなさい」

詩織は美巨乳を拓海の二の腕に押しつけながら、股間に手を伸ばしてきた。彼女自身の唾液によってヌルヌルになった肉竿を握りしめ、しごいてきた。

「おおおっ……おおおおっ……」

拓海はのけぞって声をもらした。しごき方が、先ほどとはまるで違った。ソフトからハードに変わっていた。自分がしごくときよりピッチが速い。

シックスナインで限界まで翻弄《ほんろう》された直後だった。射精欲はまだ体の中に熾火《おきび》のようにくすぶっていて、フルピッチの手筒《てづつ》ストロークによってみるみる蘇ってきてしまう。

「出すところを見せて」

詩織の表情がにわかに変貌した。妖しいほどに眼を輝かせたサディスティックなものに……。

「わたし、童貞の男の子が、ドピュッと発射するところが見たいの。ほら、遠慮しないで出していいのよ」

ささやきながら、男の乳首まで舐めてくる。長い舌を差しだして、ねろねろ、ねろねろ……。

まったく——と拓海は歯噛みした。童貞好きの女というのは、どうしてこうも歪んだ性癖の持ち主ばかりなのだろう。菜々子に真緒に詩織、三人が三人ともどうかしている。とくに詩織は完全におかしい。男の初体験の相手を務めたいという欲望はまだわかるが、手コキで強制射精させたいなんて……。

とはいえ、拓海は完全に余裕をなくしたわけではなかった。射精欲が爆発寸前で、体中が小刻みに震えだしていたが、それでもまだ冷静さを保っていた。

一度手コキで抜かれても、すぐに回復すればいいだけだと思った。なるほど、詩織ほどの美女とベッドをともにするからには、多少のわがままは甘んじて受けとめなければならないのかもしれない。

ドピュッと発射する場面を見れば、彼女だって満足するだろう。そして、別の渇きを覚えるはずだ。彼女だって濡らしていた。拓海の顔面がヌルヌルになるほど発情のエキスを漏らしていた。

ならば、ペニスを咥えこみたくなるのは女の本能。きっと両手を自由にしてくれ、普通のセックスへと雪崩《なだ》れこむはずだ。

そうであるなら、戸惑《とまど》ってばかりいてもしかたがない。いまは手コキを楽しむべきときなのだ。白魚の手指が、スコスコ、スコスコ、と淫らに動いている。乳首を舐めまわす舌の刺激もいやらしい。こんな経験は滅多にできるものではない。それこそ遠慮しないで、思いきり放出してやればいい……。

「おおおっ……おおおおっ……」

野太い声をもらしながら身をよじった。

「もっ、もう出ますっ……出ちゃいますっ……おおおっ……うおおおおおおーっ！」

雄叫びをあげて、腰を反らした。スコスコ、スコスコ、という軽快なリズムが、心地よく快楽の極《きわ》みに追いこんでくれる。下半身で爆発が起こる。限界を超えて硬くなったペニスがビクンと震え、煮えたぎるように熱い白濁液が、勢いよく宙に放たれる。

「うおおおおーっ、うおおおおーっ！」

拓海は雄叫びをやめられなかった。手コキとはいえ、自分でするのとは快楽の質が違った。自分で握っていれば、自分に都合よくピッチや握る力を調整できる。だが、他人にまかせていれば、それはできない。

第一弾の白濁液が大玉の花火のようにあがり、それが中玉、小玉となっても、詩織はピッチを落とさなかった。握る力は、むしろ強まった。この細い指のどこにそんな力が？　と唖然としてしまうほどの握力で握りしめ、スコスコ、スコスコ、としごいてくる。

「やっ、やめてくださいっ……もう出ませんっ……もう打ちどめですっ……やっ、やめてええええーっ！」

ひっくり返った声で悲鳴をあげても、詩織は手コキをやめなかった。したたかにしごきながら、拓海の顔をのぞきこんできた。詩織は笑っていた。紅潮した顔にサディスティックな笑みを浮かべて、眼をギラギラと輝かせていた。

「もっと出しなさい」

「だっ、だからもう打ちどめですっ！」

「そんなことないでしょ、頑張《がんば》ればもっと出せるでしょ？」

半開きの口でささやいては、鼻と鼻がぶつかりそうな距離まで顔を近づけてくる。吐息の甘い匂いがする。キスをしたかったが、下半身の切迫感がそれを許してくれない。子供のころ、父親に思いきり腋の下をくすぐられて息もできなくなったことがあるが、あんな感じだ。

不思議なのは、これほどくすぐったいのに勃起はおさまらず、ますます硬くなっていくことだった。とはいえ、もう出るはずがない。詩織がやっているのは、弾丸の切れたピストルを、ガチャンガチャンと撃っているようなものだ。

いや……。

身をよじらずにいられないくすぐったい刺激の向こうから、くすぐったさとは別の、なんとも言えない妖しい感覚がひたひたと近づいてきた。快楽と呼ぶにはあまりにも暴力的な感覚だったが、たしかに快楽によく似ている。

「おっ、お願いしますっ！　本当にやめてっ！　やめてくださいっ！　おかしくなっちゃうっ！　おかしくなっちゃいますううーっ！」

絶叫すると同時に、熱い涙があふれてきた。拓海は泣いていた。刺激に耐えられず号泣しはじめたが、それでも詩織はしごくのをやめない。

「そろそろじゃないの？」

ニヤリ、と詩織が笑い、

「うっ、うおおおおーっ！」

拓海は涙眼を見開いた。経験したことのない衝撃が下半身に訪れた。なにかが決壊して流れていく感じだ。小便を限界まで我慢して漏らしてしまった感覚に似ていなくはないが、もっと強烈なものだった。射精とは違う、すさまじい解放感が……。

驚くべきことに、ペニスからは飛沫《しぶき》が飛んでいた。粘度のないさらさらした透明な体液で、アンモニア臭もない。

あとで詩織に聞いたところによれば、それは「男の潮吹き」だという。女の潮吹きならAVでよく見かけるが、男の潮吹きなんて見たことも聞いたこともなかった。

「うおおおおーっ！　うおおおおおーっ！」

訳のわからないまま、拓海は激しく身をよじり、潮を吹きつづけた。詩織が手コキをやめなかったからだ。快感があったことはたしかだが、同時にひどく苦しかった。男の潮吹きは延々と続き、吹くほどに拓海の意識は遠のいていった。いっそ失神してしまいたかった。意識を失えば、この苦悶から逃れられるのだから……。

6

ルームサービスで運ばれてきたコーヒーの香ばしい匂いが、夜景の美しいホテルの部屋に漂っていた。

コーヒーが運ばれてくる前に詩織はシャワーを浴びたらしく、バスローブ姿だった。拓海はといえば、全裸のままベッドの上にいた。完全に放心状態だった。両手は自由になっていたが、起きあがる気力がなかった。

「どうぞ」

詩織が枕元のサイドテーブルにコーヒーカップを運んできてくれる。ゆらゆらと白い湯気《ゆげ》をたてながら漂ってくるコーヒーの匂いが、意識を現実へと戻していった。男の潮吹きを経験した直後は、激しすぎる快楽と苦悶に混乱しきって、自分が誰であるかもわからなくなっていた。

「ごめんなさいね、変なことに付き合わせちゃって」

詩織が隣のベッドに腰かけた。

「でも、一回やってみたかったんだ。童貞の子をいじめて泣かせるの」

「……どっ、どうして？」

拓海の声はかすれていた。

「だって悔《くや》しかったんだもの……」

詩織は遠い眼をして言葉を継いだ。

「処女を奪われたときの記憶が最悪なの。思いだしたくないから詳《くわ》しくは言わないけど、怖いし痛いし恥ずかしいし、大泣きしちゃってね……わたし、人前であんなに泣いたの、あのときだけ。だからね、その復讐っていうかなんというか、童貞の男の子にお返ししてみたかったの」

「はあ……」

拓海はどういう顔をしていいかわからなかった。ロスト・ヴァージンの苦い思い出を男全般のせいにされても困る、と思ったが、それを口にすることはできなかった。詩織が憑《つ》きものの落ちたような、すっきりした表情をしていたからである。口調も柔らかで親和的なものに変わっていた。

「でもまあ、わたしなりに気を遣《つか》って最後まではしないであげたから。リアル童貞は、好きな人に捧げなさい。わたしみたいな女に引っかからないように気をつけてね」

たしかに、彼女とはセックスしていなかった。セックスをしたときより、事後の虚脱感は大きいが……。

「それとも……」

詩織はニヤリと笑って、こちら側のベッドに座り直した。

「最後までしてほしい？　わたしに童貞を奪ってほしいなら、付き合ってあげてもいいけど……」

白魚の手で股間をまさぐられそうになったので、

「いっ、いいですっ！　もう充分です。もうこれ以上は……」

拓海はあわてて詩織の手を押し返した。男の潮吹きによって、股間のものは完全にノックアウトされてしまっていた。詩織がどれだけ美人でも、いますぐセックスがしたいとは思わない。むしろ、セックスから遠ざかりたい。

「ぼぼぼっ、僕はこれで失礼します。僕みたいなものでも、詩織さんのトラウマ解消にお役に立てたなら光栄です。ニューヨークに帰っても、元気でやってください。それじゃあどうもっ！」

シャワーも浴びずにあわてて服を着け、部屋を飛びだした。ブリーフの中で、イチモツがしくしく泣いているような気がした。

第四章　処女みたいなものよ

1

風薫《かぜかお》るさわやかな初夏がやってきても、拓海の心は晴れなかった。

詩織に与えられたダメージから立ち直ることができず、仕事にも筋トレにも集中できずに溜息ばかりついている毎日……。

詩織だけではない。

菜々子や真緒も同じ穴のムジナだ。彼女たちもきっと、処女喪失にいい思い出がないから、その復讐に童貞を翻弄《ほんろう》する――そういう理由でベッドに誘ってきたに違いない。処女喪失のときでなくても、男に心の傷を負わされた経験があり、その恨みの捌《は》け口として拓海は利用されたのだ。

そうでなければ、あんなふうに振る舞えるわけがない。

拓海としては、もっとやさしくセックスのイロハを教えてもらいたかった。女の体の扱い方やムードのつくり方などをレクチャーしてもらえれば、しっかり学習できたのに、彼女たちが教えてくれたのはセックスの厳しさばかりだった。自分たちがやりたい放題に欲望を爆発させて、こちらのことなんてこれっぽっちも考えてくれなかった……。

女嫌いになりそうだった。

いっそなってもよかったが、セックスなんてもうこりごりだと断言できないところが情けない。

なにしろ、眠りにつこうと眼を閉じると、瞼の裏に現れるのは、決まって裸の彼女たちだった。菜々子が騎乗位で腰を振り、真緒がM字開脚を披露し、詩織が巨乳を押しつけながら手コキをしてきた。二、三度オナニーしなければ、とても安らかな眠りにつけなかった。

ひどい女たちだった。性格は最悪でも、その容姿は申し分なく、裸を思いだしただけで勃起してしまうほどセクシーだった。セックスがしたかった。頭でいくら彼女たちを呪っていても、体が求めてしまうのだ。いくらオナニーしたところで癒《い》やされないほど女体に渇き、セックスがしたくてしたくてしようがない。

思いつめた拓海は、ある日の仕事帰り、〈筋肉野郎〉に顔を出した。

菜々子に逆ナンされたマッスルバーである。もう一度渋谷の〈フライング・ソーセージ〉に出向くという手もあったが、まだ詩織との記憶が生々しかったし、あそこは集まる女がなんとなく攻撃型っぽい感じがする。なので、最後の切り札として残しておき、まずは馬道に相談してみることにした。

「あら珍しい。ひとりで飲みにきたの？」

店に入っていくと、馬道は大げさに眼を見開いた。まだオープン直後の時間だったので、他のスタッフや客の姿はなく、店内はガランとしていた。

「はあ、ビールください……」

「なんだかずいぶん久しぶりに会った気がするわねえ」

馬道はコロナビールの栓《せん》を抜き、拓海の前に置いてくれた。「どうも」と言って、拓海は飲んだ。

「あなた、最近ジムもサボりがちでしょ？　わたしもお店が忙しくて、夜はあんまりジムには行けてないんだけど」

「はあ……」

拓海は力なくうなずいた。

「なんだか冴《さ》えないんですよ、このところ」

「どうして？」

「相談に乗ってもらえますか？」

「なんなのよ、急にあらたまって。困ってることがあるなら、なんでも相談に乗るわよ。お金のこと以外なら」

「実はその……」

拓海は息を吸い、大きく吐いた。

「いよいよ童貞でいることが、心の底から嫌になりまして……」

馬道の顔が輝いた。

「それはいいことじゃない。好きな人ができた？」

「いえ、それはまだ……」

拓海は首を横に振った。

「ただその……童貞のままだと恋愛もうまくいかない気がするんですよ。女の人のこと、なにも知らないわけだし。だから……」

三たび童貞を騙ることに、罪悪感はなかった。もはや嘘をつくことに慣れてきてしまっていたし、菜々子や真緒や詩織としたことが、リアルなセックスだとも思えなかったからだ。こちらはただもてあそばれただけだし、詩織に至っては性器の結合だってしていない。

それに、馬道は童貞いじりが大好きだ。「童貞を捨てたいならいつでも相談にいらっしゃい」と言われたこともある。童貞を騙っていたほうが、話がスムーズに運べそうだった。

童貞を騙った理由は他にもある。

拓海は気づいてしまったのだ。世間には「童貞好き」の女が、こちらの思っている以上にいることを。男の中に「処女好き」が一定数いるのと同じようなものだろう。ついでに言えば、童貞好きの美人率はあなどれない。性格はねじ曲がっていても、ルックスだけは期待できる。菜々子にしろ真緒にしろ詩織にしろ、拓海が普通の女性経験をもっていたら、決してベッドインできなかったレベルの女である。童貞だからこそ、選ばれたのだ。

「じゃあ、てっとり早くソープでも行けば」

馬道が素っ気《そけ》なく言ったので、

「いやいやいや、ちょっと待ってくださいよ」

拓海はあわてた。ソープに行って解決するなら、なにも馬道に相談しない。相手はプロではなく、素人《しろうと》がいい。

「ふふっ、冗談よ。童貞を奪ってくれそうな女を紹介すればいいわけ？」

「……あてはありますか？」

拓海が眉をひそめると、

「まあ、それなりに」

馬道は意味ありげに笑い、上を見ながら指を折っていった。あてなら片手に余るほどいる、というアピールだ。

「だってわたし、酒場の主よ。アイデンティティはボディビルダーだけど、お金を稼いでいるのは若いころからずっとバーテンダー。酒場っていうのは、日常の悩みや鬱憤《うっぷん》を吐きだしにくるところじゃない？　身の下相談なんて日常茶飯事だし、おまけにうちのお客さんには、さばけた熟女が多いしね……」

「いそうですか？　童貞をもらってくれそうな人が？」

「タイプを言ってみて」

「やさしくて、おっとりした人がいいです。ドジしても怒ったりしなくて、おねえさんが教えてあげるっていうような……」

プッ、と馬道が吹きだしたので、拓海の顔は熱くなった。

「なにがおかしいんですか？」

「ごめんなさい。あまりにも童貞っぽい発言だったから、つい……」

「童貞っぽいですか？」

「ぽいわよ、すごく」

恥ずかしかったが、童貞を騙っている立場上、それはそれで悪くない。馬道がまだ童貞だと思ってくれるくらいなら、女に疑われる可能性も低いだろう。

「じゃあ、ちょっと電話してみる」

「えっ？　いきなり……」

驚く拓海をよそに、馬道はスマートフォンを取りだして電話をかけた。話はすぐについたようだった。

「三十分で来るってさ」

「マジですか……なんかすごいな。よっぽど暇っていうか……」

「暇っていうか、飢えてるんでしょ」

「……セックスに？」

「それも含めた楽しいことに」

馬道はニヤニヤ笑っている。

嫌な予感に、拓海は震えた。とんでもない不美人が登場するような気がしたからである。しかも馬道は、さらなる不安を煽《あお》るようなひと言をつけ足した。

「私の勘じゃ、あなたどっぷり嵌《は》まりそうだけど、大それた夢は見ちゃダメよ。寝るのは一回きり、童貞を捧げるだけにしておきなさい」

「……どうして？」

「人妻だからよ」

馬道は自分もコロナビールの栓を開け、飲んだ。

「それも、けっこういい会社の社長夫人。専業主婦でなに不自由ない生活をしてるんだけど、経営者っていうのは忙しいから……毎晩毎晩接待で午前様なうえ、今日は中国、明日はアメリカって世界中を飛びまわってて、週末だってほとんど家にいないんだって。おかげで彼女は暇で暇で浮気がしたくてしかたがないの。それも、若いウブな男と……昔から年上の男とばっかり付き合ってて、ダンナも二十歳近く上だから、その反動らしいけど……」

ごくり、と拓海は生唾を呑みこんだ。いったいどんな女が現れるのか、鼓動が乱れてしかたがなかった。

2

女の名前は、橘《たちばな》乃々果《ののか》といった。

ひと目見るなり、拓海は恋に落ちた。ニヤニヤしてしまいそうになるのを、我慢するのが大変だった。

年は三十代前半。菜々子や真緒よりは上だが、詩織よりはちょっと下か。だが、その三人の誰よりも落ち着いていた。人妻であるせいかもしれない。あるいは、育ちのせいもあるのだろう。馬道によれば、父親が開業医らしい。要するにお嬢さまなのだ。口調がゆっくりかつ上品で、恥ずかしがり屋のような素振りもありつつ、揺るぎない自信が垣間見《かいまみ》える。

もちろん、不美人ではなかった。考えてみれば、社長が嫁《よめ》に娶《めと》る女が、不美人なわけがない。

栗色の長い髪に綺麗な卵形をした顔の輪郭《りんかく》、全体的には和風だが、ちょっと垂れ目なところに愛嬌《あいきょう》があった。すれ違って「おおっ！」と振り返るタイプというより、どんな場所にでも違和感なく溶けこんでしまいそうなナチュラル感。よく見れば綺麗なのに目立たない、癒やし系の美女、といったところか。

馬道の紹介ということもあり、デートの約束は簡単にまとまった。ちょうど翌日が日曜日だったので、海へドライブに行くことになった。誘ってきたのは、乃々果のほうからだった。拓海はしみじみ嬉しかった。いままではみんな、薄暗い密室に直行だったからである。要するにやりたいだけだったわけだが、乃々果は違った。

「わたしお弁当つくっていきますから、海を見ながら一緒に食べましょう」

などと言い、デートそのものを楽しもうとしているようだった。

待ち合わせ場所に現れた乃々果はパステルブルーのワンピースを可憐《かれん》に着こなし、そのくせ愛車であるレクサスRCのハンドルを握ると、異常に運転がうまかった。第三京浜であおり運転を受けたのだが、涼しい顔でぶっちぎった。

初夏の湘南《しょうなん》は風も海もキラキラと輝いて、拓海のテンションは急上昇した。

乃々果もそうで、浜辺に出るなり両手をあげて少女のようにはしゃいだ。

「やっぱり海はいいわねえ」

潮風を顔に受けながら、まぶしげに眼を細める。

「どうしてこんなにリフレッシュできるんだろう？　波の音を聞いてるだけで、心がすーっとしてくる」

「僕も海は大好きですけど……乃々果さんだったら、沖縄とかハワイとか、もっと綺麗な海に行きまくりなんじゃないですか？」

「そりゃあ、海そのものは沖縄やハワイのほうが綺麗よ。でもね、わたしにとって海へのドライブっていったら、やっぱり湘南なのね。東京生まれ東京育ちだから、最初に親に連れてきてもらった海だし、子供のころから青春時代までの楽しい思い出がいっぱい詰まってる」

「デートとか？」

乃々果は答えず、笑って誤魔化《ごまか》した。

「湘南ってなんか、ドラマチックな感じがするのよ。他の海と違って、ドキドキすることが起こりそうっていうか……」

「そういうもんですかねえ……」

拓海は湘南以外の海に行ったことがなかったので、曖昧《あいまい》にうなずくことしかできなかった。ただ、「ドキドキ」というワードには反応した。たしかに海はドキドキするし、乃々果がドキドキしたがっているのなら大歓迎だ。

波打ち際をのんびりと散歩し、浜辺にレジャーシートを敷《し》いて休んだ。乃々果のつくってきてくれた弁当は色とりどりで、まるで小学生に持たせるような可愛らしいものだった。彼女にはまだ子供がいないらしいが、やがて生まれたときのためにいまから練習しているのかもしれない。

弁当を食べおえると、拓海はひどく落ち着かなくなった。

時刻はもうすぐ正午になる。乃々果は夕方までには帰宅したいらしいから、帰りの時間を考えると、自由にできるのはあと三時間くらいだろう。

今日はセックスをしなくてもいいんじゃないか——驚くべきことに、もうひとりの自分が耳元でささやいた。

セックスがしたくてしたくて、馬道に泣きつくようにして紹介してもらったのだ。乃々果だった。彼女も当然、ベッドインを前提に今日はやってきているはずだが、潮騒や潮風には煩悩《ぼんのう》を浄化する作用があるのかもしれなかった。

いや、実のところ、彼女いない歴二十二年の拓海にとって、女とふたりきりでデートするという体験こそ、生まれて初めてなのである。相手は人妻で、恋をしてはいけない相手かもしれない。けれども、穏やかな年上の美女と一緒に海を眺めているのは、それだけでとても心地よかった。セックスは次回にして、おしゃれなカフェでお茶を飲んだり、江の島の展望台に昇ってみるのも楽しいかもしれない。

だが……。

「そろそろ行きましょうか……」

乃々果は横顔を向けたまま小さく言い、立ちあがった。拓海も立ちあがると、弁当箱を片付け、レジャーシートを畳んだ。

「葉山の方にね、海が見えるプチホテルがあるの……そこ、デイユースもやってるから、予約しておいた」

乃々果は決して眼を合わせず、もじもじしながら言葉を継いだ。ほんの少しだけ赤く染まった頰から、女の匂いが漂ってきた。

そうなのだ――拓海はハッと気づいた。

セックスがしたくてしたくてしかたがなかったのは、こちらばかりではないのである。癒やし系の雰囲気のせいですっかり忘れていたが、乃々果にしても多忙な夫に放置され、欲求不満を溜めこんでいるのだ。

3

ホテルは丘の上に建っていた。

宿泊施設というよりレストランのような建物で、客室も六つしかないらしい。にもかかわらず制服制帽姿のポーターが折り目正しい接客をしてきた。デイユースでもけっこうな値段をとられるのだろうと、拓海は恐縮した。どう見ても、セレブ御用達の隠れ家的プチホテルである。

部屋に通されると、その印象はますます強まった。窓の向こうにひろがっている海辺の景色が、まるで外国のように見えた。内装に異国情緒が漂っているからだ。白い壁、そこに掛かった小さな油絵、アンティークのテーブルや椅子、天蓋《てんがい》のついたベッド……。

「すっ、素敵なベッドですね……」

天蓋つきのベッドなんて初めて見たので、まじまじと眺めながら言った。乃々果はうつむいてなにも答えてくれなかった。そのベッドでこれから始まることを、想像してしまったのかもしれない。

拓海の緊張はマックスに達しようとしていた。うつむいてもじもじしている乃々果を見ていると、用意してきた台詞も飛んでしまいそうだった。先ほどはほんの少しだけ女の匂いを感じたが、彼女は基本的にエロくないのだ。フェロモンむんむんとは真逆のタイプだから、どうやって始めればいいのか悩んでしまう。

おまけにここは、ラブホテルのように窓のない淫靡《いんび》な密室ではなく、初夏のまぶしい陽光が燦々《さんさん》と差しこんでくる、開放感いっぱいの部屋だった。おしゃれなうえに健康的すぎて、獣欲が疼《うず》きだしてくれない。

とはいえ、黙って突っ立っているだけでは埒《らち》が明かないのも事実であり、拓海は勇気を振り絞って身を寄せていった。

「乃々果さんっ！」

立ったまま抱きしめた。

「ぼぼぼっ、僕にセックスをっ……男に生まれてきた悦《よろこ》びを教えてくださいっ！　僕の童貞をもらってくださいっ！」

切り札を、切った。彼女がウブで若い男を求めているなら、必ずや響くワードであるはずだった。

ところが、乃々果の顔をのぞきこむと、これ以上なくこわばっていた。もちろん、拓海の顔もこわばっていたが、それ以上かもしれない。

「どっ、童貞って本当なのね？」

「はい」

「じゃあ緊張してるでしょうけど……わたしも緊張してる……」

嘘ではなさそうだった。その証拠に、乃々果の体は小刻みに震えていた。

「だってね……わたしもう、二年近くセックスレスなのよ。二年もしなかったら、やり方だって忘れちゃうし……はっきり言って処女みたいなものよ」

処女はあきらかに言いすぎだったが、拓海は笑い飛ばすことができなかった。乃々果があまりにも必死だったからだ。眼を見開き、息をつめて、こちらを見つめる表情は、真剣そのものだ。

可愛い人だな、と思った。夫がいるのに二年もセックスしてもらえないなんて、可哀相《かわいそう》な人だな、とも思った。

「じゃあその……僕にまかせてもらっていいですか？」

「えっ？」

「だって、乃々果さんが処女だっていうなら、僕がリードするしか……童貞でも男の僕がイニシアチブをとるしかないじゃないですか？」

事実は童貞ではないとはいえ、自分がリードした経験がない拓海だった。しかし、いままでと違って、今回ばかりは手ぶらでやってきたわけではない。セックスのハウトゥーサイトを読みあさり、ＡＶを観まくった。それだけでは飽き足らず、オナホールを使って指技と舌技の訓練までしてきたのである。ジムを休み、睡眠時間を削《けず》っての、厳しい特訓だった。人体に影響がないと明記してあるとはいえ、愛液がわりのローションを舐めまわすのは気持ち悪かったが、歯を食いしばって修業に耐えた。

すべては彼女たち——菜々子、真緒、詩織への怨念《おんねん》から始まったことだった。童貞をベッドに誘って翻弄《ほんろう》することに悦びを感じている女が許せなかった。女がそういう態度であるなら、こちらにも武器がいる。童貞を騙ってベッドインし、なにも知らないふりをしておいて、思いきり翻弄してやればいい。鍛えあげた指技と舌技で、痴女《ちじょ》まがいの童貞好き女をひいひい言わせてやるのだ。

いま腕の中にいる乃々果は、菜々子たちと違って魔性の匂いはしない。

だが、安心してはいけない。彼女の中にだって悪魔が眠っていないという保証はないのだ。むしろ、あやしい。アラサーのくせに「処女みたいなもの」と口にしてしまうあたりに、危険な匂いがぷんぷんする。もしかしたら悪魔よりタチの悪い天然で、無意識に男を翻弄するタイプかもしれない。

「あっちに行きましょうか」

拓海が乃々果をうながしたのは、ベッドではなく窓辺だった。窓が開け放たれたままで、さわやかな潮風が吹きこんできている。

あらためてそこで抱きしめると、乃々果はうっとりした上眼遣いで拓海を見上げてきた。潮風に吹かれながらキスをするなんてロマンチック——とでも思ったのかもしれないが、拓海の目的はキスではなかった。

「えっ……」

背中のホックをはずし、ワンピースのファスナーをちりちりとおろしていくと、乃々果は戸惑いに眉をひそめた。

「こっ、こんな明るいところで……」

服を脱がすのなら窓を閉め、カーテンを引いてほしいようだったが、拓海は涼しい顔でワンピースを脱がせていった。いままでは、いつも自分のほうが先に裸にされていたので、今日は先手を取ることに決めていた。

パステルブルーのワンピースの下に着けられていた下着は、白だった。素材はシルク。清楚《せいそ》だった。これがお嬢さま育ちにして社長夫人のクオリティかと、拓海は一秒で勃起した。

清楚とはいえない部分もあった。もちろん、まだパンストを穿いているからだった。上品に股間に食いこんだ白いシルクのパンティの上から、ナチュラルカラーのナイロンが下肢《かし》をぴったりと包みこんでいる。

「やだ、見ないでっ……」

乃々果は極端な内股になって股間を手で隠したが、そんなことをしたところで恥ずかしいセンターシームは隠しきれない。股間を縦に割るいやらしい縫《ぬ》い目を、熱い視線でむさぼり眺めずにはいられない。

「綺麗ですよ……」

拓海は熱っぽくささやいた。

「人妻なのに、まさかこんなに綺麗な体をしてるなんて……」

「人妻って言わないで」

乃々果はいやいやと身をよじった。

「たしかに結婚してるけど……いまは拓海くんの彼女として、扱ってほしい」

夢見るような眼つきでささやく乃々果に、拓海は一瞬たじろぎそうになった。ブリッ子だ、と思った。ブリッ子というのは中高生の特権ではなく、アラサーになっても治らないものらしい。

拓海はブリッ子が好きだった。中学や高校の教室で、ブリッ子は同性の生徒に嫌われていた。いじめと呼ぶほどひどい仕打ちは受けていなくても、毛嫌いされる存在だった。そういう女たちと、拓海はいつも友達になりたいと思っていた。拓海もクラスの輪からはずれていることが多かったから、気持ちが理解できた――というのもあるが、ブリッ子と虐《しいた》げられている女たちは、総じて容姿が可愛かったからだ。

「ねえ、いいでしょう?」

乃々果が腕にしがみついてくる。

「わたし、昔っからファザコンで、ずっと年上の人とばかり付き合ってきたの。でもこの年になると、青春時代になにか忘れものしてきた気がしてしようがない。さっき海を見ながらお弁当食べたのもそう。ああいう感じで、同級生とデートしたことなんか一度もないんだから……嬉しかった」

お嬢さまにして社長夫人の彼女は、浜辺にレジャーシートを敷くような貧乏くさいデートの経験はなく、いつだって高級レストランにエスコートされていたのだろう。拓海としてはそっちのほうが羨《うらや》ましいが……。

だいたい、彼女と自分が同級生という設定に無理がありすぎる。ふたりの年齢差は、少なく見積もっても十歳はある。

初夏の陽射《ひざ》しに照らされた、彼女の下着姿を見れば一目瞭然《りょうぜん》だった。白い下着は清楚でも、熟女らしい色気を隠しきれない。胸はパンパンにふくらんで、腰は蜜蜂《みつばち》のようにくっきりくびれ、ヒップはすさまじくボリューミー。ワンピースを着ていたときはもう少しスレンダーな体型を予想していたが、とんでもないグラマーだ。こんな熟れ熟れのエロい体をした二十歳そこそこの女が、いるわけないではないか。

しかも、乃々果の脳内では、拓海の実年齢である二十二歳どころか、さらに若く、高校時代あたりまで時間が巻き戻っているようだった。下着姿でもじもじしている姿は、すっかり花も羞じらう乙女のようで、一秒ごとに表情まで若返っていく。高校のクラスメイト同士が、処女と童貞で結ばれる――そんな妄想でもしているのかもしれない。

拓海は引いていなかった。

むしろ羨ましかった。

どんなやり方であれ、人生は楽しんだほうが勝ちなのだ。拓海も楽しむことにした。立ったまま、右手を彼女の下腹部に伸ばしていった。

「やんっ！」

臍《へそ》の下あたりに触れただけで、乃々果は恥ずかしそうな声をあげた。もちろん、恥ずかしいのはこれからだった。パンストのセンターシームに沿って、右手の中指をじわじわと下にすべらせていく。

指先が白いパンティが透けているゾーンに入り、股間に届いた。女の体はどこもかしこも悩殺的な丸みに満ちているが、中でも股間のこんもりしたカーブには、たまらなく興奮させられる。

すりっ、すりっ、と撫でさするほどに、乃々果は眼の下を紅潮させていった。女子高生なら恥ずかしがってベッドにもぐりこみそうだが、なにを脳内で妄想しようと、彼女の体は熟れている。

指の動きに合わせて、腰がくねりだした。恥ずかしそうに顔を紅潮させつつも、欲情を隠しきれない。指先がクリトリスの上を通過すると、ビクッと身をこわばらせてガクガクと脚を震わせる。

「おっ、お願いが……あるんだけど……」

上眼遣いで見つめてきた。年季の入ったブリッ子らしく、乃々果の上眼遣いには破壊力があった。

「拓海くんも、これ脱いで」

シャツの裾を引っぱられた。

「それであっちに行きましょう」

ベッドを指差すと、拓海から体を離して、そそくさとパンストを脱いだ。やはり、パンスト姿は女にとって恥ずかしいものなのだ。それから、タタッとベッドに向かって走りだし、布団にもぐりこんだ。

その後ろ姿を、拓海は呆然と見送った。

こちらにリードさせてくれる約束じゃないか、と痛恨を噛みしめていたわけではない。白い下着の後ろ姿が、あまりにもそそったからだ。ピュアな可憐さと熟女らしい色香が、そこでは矛盾なく同居していた。彼女を妻にしているどこかの社長が、心の底から羨ましくなった。

4

拓海は天蓋付きのベッドが珍しく、白いカーテンを閉めてみた。少し暗くなったが、なんだかテントの中にいるようで、悪くなかった。空間が狭くなったぶん、相手との距離が縮んだような気がした。

乃々果は布団の中に入っていた。鼻から下を布団で隠したまま、恨みがましい眼つきでこちらを見ていた。拓海がまだ、服を着たままだったからだ。あわてて脱いだ。ブリーフ一枚になると、乃々果は眼を丸くした。

「さすが……ムキムキね……」

「馬道さんに比べれば、まだまだ全然、細マッチョですけど……」

拓海は照れ笑いを浮かべながら、布団に入っていった。ほんの少しの時間差なはずなのに、布団の中には乃々果の匂いがこもっていた。いままで寝た女の誰よりも甘ったるかった。コンデンスミルクの匂いを彷彿《ほうふつ》させた。香水などの影響もあるのだろうが、体臭がコンデンスミルクなんてすごいと思った。

ベッドは広く、掛け布団も大きかったので、ふたりの間にはまだスペースがあった。拓海は意を決して、乃々果に身を寄せていった。乃々果がビクッとして体を丸くする。処女芝居はまだ続いているらしい。

ということは、拓海がリードするということだ。実際に、高校時代に彼女がいて、処女と童貞でベッドインのチャンスがあったなら、大変だったろう。自分だって初体験なのに、男というだけでリードしなければならないのだから……。

その点、拓海は偽りの童貞だから気持ちに余裕があった。この日のために、指技、舌技の猛特訓だって積んできた。

左手を乃々果の肩にまわし、右手で頰を包んだ。ふっくらした頰はほんのり赤く染まり、燃えるように熱かった。

唇を重ねた。乃々果はキスをしているとき、薄眼を開けている女だった。舌と舌をからめあいはじめても、ぎりぎりまで細めた眼でこちらを見ていた。処女の設定にはそぐわない気がしたが、見つめあってするキスは興奮した。

拓海は両手を彼女の背中にまわしていった。ブラジャーのホックをはずすためだった。なかなかはずれなかった。考えるまでもなく、菜々子も真緒も詩織も、みずからブラジャーをはずしたのだ。

「すっ、すいません……」

リードは早くもつまずいた。

「ホック、はずしてもらっていいですか?」

乃々果はニッコリ笑ってうなずいた。初めてならはずせなくてもしかたがないわね、と彼女の顔には書いてあった。

乃々果がホックをはずすと、拓海は白いシルクのカップをめくった。すさまじい巨乳が現れた。まるで小玉スイカがふたつ並んでいるような迫力だった。薄茶色の乳輪も大きくて、垂れ目のパンダのように愛嬌がある。

片乳を裾野からすくいあげると、ずっしりと重かった。重くて柔らかい。やわやわと揉みしだくと、乃々果は眼を細めたまま眉根を寄せた。いやらしすぎる表情だった。思わずキスをしてしまった。

「うんんっ……」

舌をからめあいながら乳房も揉んでいたので、指先に力が入ってしまった。痛かったか？　と唇を離して顔色をうかがうと、

「もっと強くしても……いいのよ」

乃々果が甘い声でささやいた。

「ううん、むしろ強くして……わたし、強くされるほうが好き……」

ならば、と拓海は布団をはねのけ、乃々果の上に馬乗りになった。これならば、両手で双乳を相手にできる。ぐいぐいと揉みしだいた。重くて柔らかい乃々果の乳房は、たまらない揉み心地だった。すぐに揉んでいるだけでは飽き足らなくなり、大きな乳輪を舐めまわした。左右の乳首を交互に口に含み、音をたてて吸いたてた。もちろん、そうしつつもたわわな肉房は揉みつづけた。

「あっ、いやっ……あっ……いいっ……」

乃々果はようやく眼をつぶり、震える声でつぶやくように言った。ハアハアと息がはずんでいた。乳首を強く吸うと、白い喉《のど》を突きだしてのけぞった。いい感じだった。しっかりと反応が返ってきていた。とはいえ、拓海は少し焦っていた。巨乳といつまでも戯《たわむ》れていたい気もしたが、特訓の成果も確認したい。

それには次の段階に進まなければならない。

未練がましく左右の乳首をちょっとつまんでから、後退っていった。乃々果の股間にぴっちりと食いこんだ白いシルクのパンティを、まずは脱がさなければならない。両サイドに手をかけると、乃々果は両手で顔を隠した。そのくせ、腰を浮かせてパンティを脱がすのを手伝ってくれるのだから気が利いている。

ゆっくりとおろしていった。けっこうおろしても黒い毛はなかなか見えてこなかった。まさかパイパン？　と思った瞬間、見えた。とても小さい、噴水のような形の草むらだった。形も綺麗なら、毛並みも艶々していた。縮れがなく、ふっさりと茂った感じが、お嬢さまっぽかった。なんというか、乱れた感じがしないのだ。

パンティを脚から抜くと、両脚をひろげる番だった。いよいよだと、拓海の体は熱くなり、胸が高鳴った。女の花と、こういう感じで対面するのは初めてだった。興奮のあまり、息が苦しくなっていく。

ところが、ひろげようとすると、乃々果が抵抗した。逞《たくま》しいほどむっちりした太腿《ふともも》をぴったりと閉じ、脚を開いてくれない。顔を覆《おお》った指をひろげ、指の間からこちらをのぞいてくる。羞じらっているのか茶目っ気をアピールしているのかわからなかったが、脚を開いてくれないなら、開きたくなるようにするだけだ。爪を立て、腰から太腿にかけてくすぐってやる。触るか触らないかのぎりぎりな感じ――フェザータッチというらしい。

「ああっ、いやっ……ダメッ……くすぐったいっ！」

乃々果が激しく身をよじる。訓練の賜物《たまもの》だった。枕を相手に毎晩練習していたのだ。フェザータッチに緩急《かんきゅう》をつけつつ、時折、草むらにも触れる。毛をつまむと、割れ目の上端がチラリと見えた。

「ああぁっ……いやあああっ……」

隙を見て、両脚をひろげた。大胆なM字開脚に押さえこむと、乃々果はもう、指の間からこちらを見ることもできない。

拓海は瞬《まばた》きも呼吸も忘れ、乃々果の花に見入っていた。割れ目付近の無駄毛は綺麗に処理されていたが、淫靡すぎる花だった。まずアーモンドピンクの花びらが大きかった。大きいうえにくにゃくにゃと縮れ、重なりあった状態が巻き貝のように見える。どこに割れ目の縦筋があるのか、よくわからない。

拓海は顔を近づけ、ふうっと息を吹きかけた。乃々果が「ああっ」と声をもらし、自分の吐息がいやらしい匂いを含んで返ってくる。まだほのかにだが、磯の香りと発酵臭が絶妙にブレンドされたような発情のフェロモンをたしかに感じる。

拓海は舌を伸ばした。

想定外の形状をしていたので、とにかく表面からペロペロ舐めはじめる。乃々果がうめき、身をよじる。羞じらいが伝わってくる。アラサーの人妻なのにすごい。彼女の言葉を信じるなら、二年ぶりのセックスということになるわけだから、しかたがないのかもしれない。

ペロペロ、ペロペロ、舌を小刻みに動かしながら巻き貝の表面を舐めていくと、次第に左右に花びらが分かれていった。まだ奥まで見えないが、思いきって片方を口に含んだ。じっくりとしゃぶりまわし、続いてもう片方も……。

「ああっ……あああっ……」

乃々果はいつの間にか両手で顔を隠すのをやめていた。眼の下を生々しいピンク色に染めあげて、半開きの唇を震わせる。

拓海はその顔をチラチラと見ながら、左右の花びらをしつこくしゃぶりまわした。薄桃色の粘膜が見えてくると、そこも舐めた。ひくひくと熱く息づき、新鮮な蜜をたっぷりと漏らしていた。

いよいよ特訓の成果を確認するときが来たようだった。割れ目の上端にある包皮を剝くと、米粒ほどの小さなクリトリスが姿を現した。どんなセックスのハウトゥーサイトを見ても、クリトリスが敏感すぎるほど敏感であることは意見が一致していた。乱暴にいじりまわすのは論外で、繊細かつ丁寧な愛撫が必要らしい。そして、いちばん女を虜《とりこ》にする舌技として紹介されていたのが、舌の裏を使って舐め転がすやり方だった。舌の表面にはざらつきがあるが、裏側はつるつるしている。そこを使って舐めてやると、女は虜になるらしい。

「はっ、はぁうううううーっ！」

乃々果がのけぞっていやらしい悲鳴をあげた。とっておきの舌裏クンニを受け、もはや処女芝居は続けていられなくなったようだった。

舌裏でクリトリスを舐めるのは、あんがい難しい。舌の表面や舌先で舐めるほうがずっと楽だ。幸い、拓海は舌が長いほうだった。それでも納得できる舐め方になるまで、オナホールを相手に一週間以上を費《つい》やした。

「ああっ、なにこれっ？　おかしくなるっ……おかしくなっちゃうっ……」

乃々果がジタバタと暴れだしたので、拓海はいったん、彼女の股間から顔を離した。

「やめますか？」

「ううー」

乃々果は欲情しきった顔で悔しげに唸った。

「……どうやって舐めてるの？」

「べつに……普通ですよ……僕、クンニするの初めてですから」

「そっ、そうよね、童貞だもんね……」

「もう舐めないほうがいいですか？」

「ううー」

乃々果は再び唸《うな》ると、

「もっと舐めて」

顔をそむけて言った。耳が赤くなっているのが、たまらなくセクシーだ。

「わかりました」

拓海はうなずいたが、すぐに舌技を再開しなかった。M字開脚によって露わになっている内腿を、爪を立てたフェザータッチでくすぐった。求められたら焦らす――それが前戯の極意らしい。

「ああっ、やめてっ……くすぐったいっ……くすぐったいいいーっ！」

言いつつも、乃々果はもうくすぐったがっているだけではなかった。クンニによって欲望に火がついているから、気持ちもいいはずだ。しかも、くすぐっているのは、敏感な性感帯である内腿。くすぐるほどに、巨乳をタプタプと揺すり、腰をくねらせる。女の花が丸出しになっているのに、羞じらうことさえできない。

素晴らしい眺めだった。騎乗位で下から見上げる女体もいいが、上から見下ろすのはもっといい。多くのＡＶが、正常位に始まり正常位で終わる理由がわかった。男はやはり、正常位が大好きなのだ。あお向けになった女が両脚をM字にひろげ、腰をくねらせたり、乳房をはずませている姿が……。

たっぷりと焦らしてから、クンニを再開した。鍛えあげた舌裏舐めで、興奮に尖ってきた肉芽をねちっこく舐め転がしてやる。

「あああああーっ！」

乃々果のいやらしい悲鳴が、天蓋の中に響いた。その声は刻一刻と甲高くなり、いやらしくなって、拓海を熱狂にいざなっていく。しかし、拓海はまだ、訓練の成果をすべて披露したわけではなかった。

レロレロ、レロレロ、と舌裏でクリトリスを転がしながら、右手の中指で花びらの間をまさぐった。大量にあふれた蜜のせいで、トロトロに蕩けていた。ゆっくりと指を沈めこんでいった。目指すのは、肉洞の上壁にあるざらざらした窪《くぼ》み——Gスポットだ。

「はっ、はうあああああーっ！」

乃々果が獣じみた悲鳴をあげる。肉洞に侵入した拓海の指は、鉤状《かぎじょう》に折れ曲がってGスポットを押しあげていた。ぐっ、ぐっ、ぐっ、とリズムをつけて刺激を送りこんだ。そうしつつ、クリトリスは舌裏で、レロレロ、レロレロ、だ。

「ああっ、いやっ！　ダメダメダメッ……はぁああああーっ！」

恥丘を挟んで外側からと内側から、敏感な性感帯を同時に刺激された乃々果は、半狂乱でよがり泣いた。Gスポットを押しあげるほどに蜜壺の中には蜜があふれていき、水たまりのようになっていく。

「ああっ、ダメッ……そんなにしたらイッちゃうっ……イクイクイクイクッ……はっ、はぁあおおおおおおおーっ！」

白い喉を突きだして大きくのけぞり、乃々果は果てた。イッた瞬間、蜜壺がぎゅっと締まったのがいやらしかった。イキきっても五体の肉という肉をぶるぶると震わせている姿がエロすぎて、拓海はしばし呆然となった。

5

「あなた、本当に童貞なの？」

荒々しくはずんでいた呼吸がようやく治まってくると、乃々果は恨みがましい眼を向けてきた。

「どうしてです？」

拓海はとぼけた顔で答えた。

「だって……うますぎるでしょ？」

「うますぎましたか？」

乃々果はコクンとうなずいた。頬をふくらませ、唇を尖らせて。

「実は修業したんです」

「修業？」

「はい。オナホールを買って、クンニの修業」

「……やだもう」

乃々果は呆れた顔で笑った。拓海も笑ったが、すべてが修業の成果と自惚《うぬぼ》れてはいなかった。こちらの目論見《もくろみ》がズバズバ当たったのは、乃々果が感じやすいのか、ふたりの相性がいいのか、その両方に違いない。

「つまり、オナホールを舐めてたわけ？　信じられない……」

「僕、鍛えるのが好きなんですよ。筋トレみたいなものですね。舌と指の」

乃々果がまた呆れた顔をしたので、拓海は身を寄せていった。イッたばかりの彼女の体は熱く火照り、じっとりと汗ばんでいた。天蓋の中も、彼女が放った熱気でずいぶん暑くなっている。

「気持ちよかったですか？」

乃々果の顔をのぞきこんだが、眼を合わせてくれなかった。

「イクときの乃々果さん、すごく可愛かったですよ」

「知らない、もう！」

乃々果が背中を向けて体を丸める。怒っているのではなく、恥ずかしがっているのだ。その程度の女心は、拓海にもわかるようになっていた。

「知らないなんて言わないでくださいよ。本番はこれからじゃないですか」

乃々果がそっと振り返る。再び恨みがましい眼を向けてくる。

「……続き、始める？」

「はい」

「どうやってしたい？　あなた初体験なんだから、なんでも好きなようにしていいわよ」

なんというやさしい女なのだろうと、拓海は目頭が熱くなりそうになった。同じ童貞好きでも、有無を言わさず騎乗位でまたがってきた女たちとは大違いだ。

「それじゃあ……ひとつアイデアがあるんですが」

「なあに？」

首をかしげた乃々果を、拓海は抱《かか》えあげた。いわゆるお姫さま抱っこである。

「きゃっ、なにするの……」

首にしがみついてきた乃々果を抱え、拓海は天蓋付きのベッドの外に出た。急に明るくなった。窓から差しこむ陽光は、まだ少しも翳《かげ》っていない。

　拓海は乃々果を窓辺でおろすと、

「ここでしたいです」

　乃々果を見て笑った。乃々果は驚いて眼を丸くしている。ここでするということは、体位は立ちバック以外にないからだ。

「あなたって……本当に童貞離れした童貞ね」

「正常位とどっちにしようかものすごく悩んだんですけど、やっぱりほら、一度しかない体験だから特別なものにしたくて……ここ眺めがすごくいいじゃないですか？　海も見えるし」

「まあ、そうだけど……」

　眼下の景色は本当に絶景だった。海があり、緑があって、住宅もポツポツと点在するものの、高台に建っているから屋根が見えるだけ。誰かに見られる可能性は少ないだろう。実際、乃々果は全裸にもかかわらず、平然と窓辺で潮風に吹かれている。

「まあ、いいわよ」

乃々果がうなずいたので、拓海は体に唯一残ったブリーフを脚から抜いた。唸りをあげて反り返ったペニスを、乃々果が横眼で見てくる。にわかに眼が泳ぎ、落ち着かない雰囲気になった。

乃々果に身を寄せていくと、

「舐めてあげましょうか？」

ペニスに柔らかい指をからめてきた。

「いや、その……いいです」

拓海は腰を反らせながら答えた。フェラをしてもらいたいのは山々だったが、いまは一刻も早く結合したい。

「それより、早く……ひとつになりたいです」

乃々果は眼を泳がせながらうなずくと、

「耳貸して」

拓海の耳に唇を近づけてきた。生理不順のためピルを飲んでいるので避妊の必要がないことを、そっと告げられた。拓海は小躍りしたくなった。またもや生挿入の中出しである。乃々果の中に、熱い粘液をぶちまけられるのだ。

乃々果は木製の窓枠に両手をつくと、こちらに向かって尻を突きだしてきた。ボリューミーなヒップはすごい迫力だった。腰がきっちりくびれているから、セクシーな逆ハート形で、まさにグラマラス。

とはいえ、いざ結合のときを迎えたのに、拓海はどうすればいいかわからなかった。どうやって入れればいいのだろうか？　後ろからだと穴の位置さえよくわからない。

すると、乃々果が両脚の間から手を出した。

「こっちに来て」

ヒップにペニスを近づけていくと、つかまれた。どうやら、穴の位置まで導いてくれるようだった。せっかく野性的な体位なのに、牡《おす》のほうから自力で貫けないのは情けなかったが、まごまごしていて相手をしらけさせるよりはマシだ。

「んっ……」

亀頭にヌルリとしたものがあたった。花びらだろう。一度イッているから、よく濡れていた。

「ここよ、入ってきて」

「はい……」

拓海はよくわからないまま、腰を前に送りだした。濡れている部分に向かって切っ先を突きだすと、ずぶっと沈みこむような感触がした。そのままずぶずぶと入っていった。

「んんっ……んんんっ……ああああーっ！」

最後まで入れると、乃々果は大きく息を吐きだし、振り返った。眉根を寄せた、いやらしすぎる表情をしていた。

「入ったわよ……」

「はっ、入りましたか……」

拓海には、イマイチ実感がなかった。とはいえ、ペニスを包みこんでいるヌメヌメした感触はある。とにかく動きだしてみた。蜂のようにくびれた腰を両手でつかみ、ペニスを出し入れした。AV男優の足元にも及ばないぎこちない動きが我ながら滑稽《こっけい》で、泣きたくなってくる。

「大丈夫よ、気持ちいい……」

振り返らずに言った乃々果の言葉は、あきらかに励ましのそれだった。気を遣われているのだ。童貞だからしかたがないと諦められているのだ。

悔しかった。こんなことなら腰使いの修業もしてくるべきだったが、そのためにはラブドールが必要だった。さすがにそこまでの資金はなかった。

「むうっ！　むうっ！」

鼻息だけを荒げさせて、ぎこちないピストン運動を続ける。ボリューミーなヒップは、パンッ、パンッ、と突きあげるたびに、プルンプルンと揺れた。まったくいやらしい尻だった。感じればもっといやらしくなるのだろうか？

「ああっ……あああっ……」

乃々果の声は可愛かったが、クンニでイッたときの十分の一ほどの声量だった。淫らでもなければ、獣じみてもいない。拓海は焦った。せっかく舌裏舐めでイカせたのに、本番がこの有様では失望されるに決まっている。

汗ばんだ手のひらで、蜂腰を強くつかんだ。腰がうまく動かせないなら、引きつける力でフォローするしかなかった。幸い、力には自信がある。胸、肩、腕の筋肉に力をみなぎらせ、パンプアップのつもりで乃々果の尻を引きつける。引きつけるタイミングで、腰を前に出す。

するとどうだろう。あれほど手こずっていたピストン運動が、にわかにできるようになった。コツをつかんだのだ。自然とピッチがあがった。パンパンッ、パンパンッ、と連打を放った。

「ああっ、いいいーっ！」

いまのは本当のあえぎ声だった。嬉しくなった拓海は、さらにピッチをあげた。勢い余ってはずれてしまうことに注意しながら突きあげた。斜め上に向かって貫けば、具合がいいようだった。自分も気持ちいいし、乃々果も感じている。放つ悲鳴は甲高くなっていくばかりで、尻と太腿がぶるぶる、ぶるぶる震えている。たまらなかった。

もはや完全にコツをつかんだ。

このまま一気にゴール目がけて走り抜けようと決めた瞬間、乃々果が動いた。右足を側にあった椅子に乗せたのだ。なんていやらしい格好を――唖然としている拓海をよそに、乃々果は上体を起こして振り返った。

「いいわっ……とってもいいっ……」

拓海の両手は、自然と彼女の腰から胸へと移動した。小玉スイカ大の巨乳にぐいぐいと指を食いこませ、両の乳首をつまみあげた。乃々果があえぎながらキスを求めてくる。唇を重ね、舌をからめあう。

せっかくコツをつかんだのに、そうなるとまたピストン運動のピッチは落ちた。しかし、無理な体勢でキスをしていることに、どういうわけかひどく興奮した。乃々果が右足を椅子に乗せていることも、そうだった。自分たちはいま、途轍もなく卑猥なポージングを決めて、性器を繋げている……。

拓海はハッとした。いまこの体勢なら、ピストン運動以外にもできることがあった。乃々果の股間に右手を這わせていった。右足をあげているから、股間が無防備になっていた。草むらを掻きわけ、クリトリスを探した。舌裏舐めと同じくらい、指でいじる訓練もしてある。

「はっ、はぁうううううーっ！」

クリトリスに触れると乃々果はキスを続けていられなくなり、海まで届きそうな勢いで獣じみた咆哮《ほうこう》を放った。ねちねち、ねちねち、と拓海はクリトリスを撫で転がしていた。蜜壺にはペニスが深々と埋まっている。長いストロークを打ちこめないかわりに、埋めたまま最奥をぐりぐりと押しつぶす。乃々果が再び、海まで届きそうな咆哮を放つ。

さすがに誰かに聞かれるかもしれないと心配になったのだろう。声をこらえるために、必死に振り返ってキスを求めてくる。必死すぎて可愛いが、真っ赤に茹《ゆ》だった顔は欲情にまみれてエロティックすぎる。

「ダッ、ダメッ……もうダメッ……」

切羽《せっぱ》つまった眼つきで、小刻みに首を振った。

「イッ、イッちゃいそうっ……わたし、イッちゃうっ……」

「イッてください」

拓海は愛撫に熱をこめた。クリトリスに右手の中指、蜜壺にはペニス、そして左手は巨乳をぐいぐいと揉みつつ、乳首への刺激も忘れない。自分でも驚いたが、気づいてみれば、卑猥な三点攻撃を実現していた。これで、最初の腰振りが情けなかったことを帳消しにできるだろう。乃々果も満足してくれるはずだ。

「あぁっ、イクッ！　もうイッちゃうっ……イクッ……イクッ……イキますっ……はぁあああああーっ！」

長く尾を引く悲鳴をあげて、乃々果は全身をぶるぶると痙攣させた。ビクンッ、ビクンッ、と腰を跳ねさせては、両脚をガクガクと震わせた。

イッた瞬間、蜜壺がぎゅっと締まった。性器と性器の密着感が高まり、あやうく男の精を吸いだされてしまうところだった。

そういうわけにはいかなかった。いままでは、乃々果を感じさせるために頑張っていたところがある。今度はこちらが楽しむ番だ。乃々果の体の痙攣が治まると、椅子に乗せていた右足を元に戻し、あらためて両手を窓枠につかせた。尻を突きだされた最初の体勢に戻り、くっきりくびれた蜂腰を両手でつかんで思いきり突きあげた。

「はっ、はぁうううううーっ！」

乃々果はもう、大きな悲鳴を放つことを羞じらうことさえできなかった。ホテルの人間や外の誰かに聞こえてしまうかもしれないなどと、心配する余裕もなかった。

パンパンッ、パンパンッ、と音をたてて突きあげられるほどに激しく腰をよじり、深々と貫いたまま最奥をぐりぐりすれば、ひいひいと喉を絞《しぼ》ってよがり泣いた。

拓海にはまだ余裕があった。

自分の欲望を吐きだすことより、乃々果の反応のほうに興味を惹《ひ》かれていた。

アラサーの人妻をここまで翻弄している自分が、頼もしくてしかたなかった。

第五章　ちょっとエッチな声だったね

1

拓海はスマホと格闘していた。

いちおう持っているが、普段はあまり使わない。友達が多い方でもないのでＬＩＮＥのやりとりもごくたまにだし、ＳＮＳなどもやっていない。

そんなスマホをいじりまわしているのは、マッチングアプリに登録することを思いついたからだった。今度はネット空間でナンパである。いままでまったく興味がなかったが、女性経験が増えてきたので好奇心が疼いた。〈フライング・ソーセージ〉のようなところに出向いて直接やりとりするより、気楽に楽しめるのではないかと思った。

スマホに慣れていなくても、登録自体は簡単だった。自撮りの写真をアップし、名前、年齢、職業、趣味などを打ちこんでいく。自分という人間は、あらためてアピールポイントが少ない男だと思った。イケメンでもなければ、年収が高いわけでもない。趣味は筋トレ――女ウケがいいとは思えない。

そこでやはり、童貞を騙ることにした。もはや詐欺《さぎ》のようなものだったが、世の中に童貞好きの女が多く棲息《せいそく》していることを知ってしまった以上、そこに釣り糸を垂らしたくなるのは必然とも言える。

とはいえ、いきなり自己紹介で「童貞」と書くのはさすがにはばかられ、「彼女いない歴＝年齢です」とした。そのこと自体は嘘ではないし、童貞好きの女なら、おそらくピンときてくれるだろう。

「……ふうっ」

登録を済ませると検索機能が使えるのだが、拓海はスマホを放りだして、ベッドに寝転がった。

文明の利器を使ってセックスの相手を探すことにしたものの、イマイチ気分が盛りあがってこない。

こうしてひとりでぼんやりしていると、どうしたって乃々果のことを思いだしてしまう。お嬢さま育ちにして裕福な社長夫人、アラサーのブリッ子、そして、体の相性が抜群だった人妻……。


一週間前。

海辺のプチホテルで、拓海は彼女を抱いて抱いて抱きまくった。セックスしたのは三人目、手コキで男の潮吹きに追いこまれた詩織を含めれば四人の女と密室で裸になったわけだが、「抱いた」という実感があるのは乃々果だけだ。みずから腰を動かしてピストン運動を送りこみ、女をよがり泣かせる——四人目にしてようやく、童貞時代に思い描いていたいわゆる普通のセックスというのを成し遂《と》げた気分だった。

拓海は夢中になった。

最初はぎこちなかった腰振りも、コツをつかめばめくるめく快感を味わうことができ、つごう三度も射精した。窓辺の立ちバックで一回、天蓋のベッドで二回

――乃々果はおそらく十回以上絶頂に達した。熟れ熟れのボディに、セックスレスによる欲求不満を溜めこんでいたせいもあるだろうが、やはり体の相性が抜群だったとしか思えない。お互い汗みどろで肉の悦びをむさぼり続け、最後のほうになると、乃々果の化粧はすっかり落ちていた。アラサーのブリッ子は、すっぴんになっても可愛い顔をしていた。

気がつけば天蓋のカーテンが茜色《あかねいろ》に染まっていた。カーテンを開けると、窓から差しこむ夕陽が、部屋中を茜色に染め抜いていた。

「やばいです。もう夕方です……なにか予定があったんじゃ……」

「いいのよべつに……予定があったわけじゃなくて、いちおう夕方には帰ってきたかっただけだから……」

拓海も精根尽き果てていたが、乃々果はそれ以上の放心状態だった。結合をとき、呼吸が整っても、眼の焦点が合っていなかった。生々しいピンク色に上気したすっぴんの顔には、オルガスムスの余韻《よいん》がありありと残っていた。

そこまで熱烈に抱きあった女と、夕陽の茜色に包まれているのは、悪い気分ではなかった。しかし、淋しさもあった。夕陽が落ちて今日という日が終わるように、乃々果との関係も、そろそろ終わりになってしまう。もう一回性器を繋げるのはさすがに無理だろうから、あとは彼女の運転するレクサスで東京に帰るだけ……。

もう一度、会いたかった。

胸をつまらせる淋しさを押しのけるように、熱い思いがこみあげてきた。

彼女は童貞好きだが、悪魔ではなかった。こちらの欲望をしっかり受けとめ、そのうえで自分も燃えあがる、言ってみれば天使のような女だった。人妻とはいえ、多忙な夫には放置されているし、拓海とは体の相性が抜群。となると……。

関係を続けない手はないのではないか？　乃々果だってそう思っているのでは？　彼女に限って、「あなたはもう童貞じゃないから興味がない」などと、冷たい台詞を吐かないのではないだろうか？

「あっ、あのう……」

巨乳や草むらを隠すことさえできず、ベッドに体を投げだしている乃々果に、身を寄せていった。

「また会ってもらえませんか？」

「えっ……」

乃々果の眼が泳ぐ。

「そりゃあ、乃々果さんは人妻で、いけないことをしているのはわかってます……でも僕、また会いたいです。言葉は悪いですけど……セッ、セフレ？　そんな感じで、今後も会ってもらえれば……」

「無理よ」

乃々果は力なく首を振った。

「どうしてです？　やっぱりご主人に悪い？　それとも、僕のことが気に入らない？」

「どっちも違う……」

「理由を教えてください」

「あなたみたいに元気な男の子とセフレになったら、体がもちません」

「へっ？」

乃々果は恥ずかしそうに顔を赤くしながら言った。

「わたし、こんなに立てつづけにイカされまくったの初めて……拓海くん、童貞だから下手なんだろうと思ったし……下手でもいいからイチャイチャしてるだけでも楽しいだろうなあと思ってたのに……セックスはもう、お腹いっぱい。一年くらいしなくてもいい」

どうやら、やりすぎてしまったようだった。乃々果があまりにも気持ちよくイキまくるので、調子に乗って求めすぎたのだ。

がっかりだった。

年上の人妻を悦ばせようとした結果が、こんなふうに裏目に出てしまうなんて……。

2

乃々果を逃してしまったことは本当に残念だったが、拓海はいつまでも悲嘆に暮れていられなかった。

性欲がそれを許してくれなかった。

乃々果はもうセックスはお腹いっぱいで、一年くらいしなくていいと言っていたけれど、若い拓海は一週間でむらむらするのをこらえきれなくなった。菜々子、真緒、詩織、そして乃々果……数をこなすうちに、着実にセックスのスキルがあがっているという実感がある。菜々子のときはなにもできないマグロ状態だったのに、乃々果のときはこちらの力で何度も何度もオルガスムスに追いこんだ。

本当に素晴らしい体験だった。

深々とペニスを挿入した状態で女をイカせると、喜悦の痙攣がペニスに伝わってきて、途轍もない満足感を覚える。

また女をイカせたかった。

乃々果のようなやさしいタイプでもいいし、菜々子や真緒や詩織のような悪魔タイプでも、ひいひい言わせてやるのは楽しいに違いない。

そうか……。

乃々果のような癒やし系に、ガツガツ求めすぎたから失敗したのだ。ガツガツいくなら、相手は肉食系女子のほうがいい。オナホールで舌技や指技の修業をしたのも、元はといえば悪魔な童貞好きに復讐するためだったのである。そんなときに乃々果にあたってしまったのは、いかにも巡りあわせが悪かった。

スマホを見た。

すでにマッチングアプリに登録しているので、女のプロフィールを閲覧《えつらん》することができる。そこに「イイネ」を押せば、メッセージのやりとりが始まる仕組みになっている。登録しても「イイネ」を押さなくては先に進まないので、拓海は女を物色しはじめた。

「こっ、これは……」

ひとりの女が眼にとまった。プロフィールの写真は笑顔だったり、澄ましていたりするものが多い。そんな中、彼女は挑発的にこちらを睨んでいた。しかもナイトプールでレモンイエローのビキニ姿。七色のライティングや蛍光ボールで幻想的な雰囲気が演出されている中、胸の谷間を露わにして男を誘っている。三角形のビキニブラジャーから、たわわな乳肉がいまにもこぼれそうだ。

これは完全に肉食系の女だった。そしてパーティピープル。恋人候補や結婚相手を探している他の女とはまったく違い、彼女が求めているのはただひたすらに、セックス、セックス、セックス……そんな感じがした。ここまで露骨《ろこつ》に性の匂いを漂わせている女は、ＡＶ女優でも滅多にいないのではないだろうか？

しかも、自己紹介文もすさまじいインパクトだった。

「童貞カモン！」

である。

見た目は違えど、菜々子たちと同種の悪魔であることは、間違いなさそうだった。童貞を翻弄し、むさぼりつくして高笑いをあげる……。

とはいえ、美人でなければ眼にとまることはなかっただろう。羽目をはずしていても注目せずにはいられない、求心力がたしかにある。

拓海は震える指で「イイネ」を押した。パーティピープルなんて友達にさえいないので、はっきり言って怖かったが、彼女のようなタイプにチャレンジしなくては意味がないと思った。どれほど淫らなテクニックを披露してくるのかわからないけれど、こちらだってアラサーに見えて実はアラフォーだった人妻が「お腹いっぱい」になるほどイキまくらせた男なのである。童貞を騙って近づき、上から目線で翻弄してこようとするところを、かならずや返り討《う》ちにしてくれる。

レスはすぐに来た。

メッセージのやりとりで話はすぐにまとまり、その日のうちに会うことになった。土曜の昼下がりだった。たまたま暇だったのだか、あるいは、よほどセックスがしたくてしかたがないか……。

彼女の名前は、成瀬亜由美《なるせあゆみ》。二十七歳。職業はOL。書く義務なんてまったくないのに、スリーサイズまで書いてある。B八八、W六〇、H九一。ビキニ写真から伝わってきたように、とびきりのグラマーだ。

待ち合わせ場所である銀座のカフェに向かった。場所柄を考え、Tシャツの上に薄手のジャケットを羽織《はお》ってきた。ズボンもジーンズではなく白い綿パン。拓海にしては、かなりまともな格好である。

約束の午後二時、店についてもそれらしき女が見当たらなかったので、席についてコーヒーを頼んだ。飲みながらぼんやり待っていると、カツン、カツン、とハイヒールを鳴らし、ド派手な女が近づいてきた。

「拓海くん?」

立ったまま、こちらを見下ろすような感じで声をかけてきた。顔を半分隠すような大きなサングラスを掛けている。

「は、はい……亜由美さんですか？」

拓海も立ちあがろうとしたが、亜由美は手で制して前の席に座った。ウエイターがやってくると「アイスコーヒー」とだけ小さく言った。

拓海はあんぐりと口を開いて亜由美を見ていた。マッチングアプリで見た写真はナイトプールでビキニだったが、いまは真っ赤なミニドレスに黒いライダースの革ジャンを羽織っている。もう初夏なのに季節感などガン無視だ。耳にも首にも手首にもキラキラしたアクセサリーを着け、歩けばジャラジャラと音がしそうである。

「あんなプロフィールでよく来たね？」

亜由美がクスリと笑う。

「普通、引かない？　ビビるんじゃないかな。この女、大丈夫かって」

「普通じゃないですから」

拓海は真顔で答えた。

「普通じゃなくて、なに？」

「童貞です」

亜由美は一瞬、凍りついたように固まってから、プッと吹きだした。

「アハハ、あんた面白いね。仲良くできそう」

サングラスをはずし、素顔を見せてきた。といっても、化粧が濃かった。派手なな化粧がよく似合うのは、やはり美人だからだろうか？　よくわからないが、拓海は芸能人と相対しているように緊張した。

アイスコーヒーが運ばれてくると、亜由美はストローで氷をくるくるまわしながら言った。

「拓海くんの指摘、けっこう鋭いよ。『童貞カモン！』なんて書いたら、普通の男はドン引きするし、童貞の子だってビビるはずだし……でも、反応してくるとしたら、やっぱりリアルな童貞だろうなと思ったの。早く卒業したくて、いても立ってもいられなくなってる感じの子。違う？」

「まあ、そうかもしれないです……」

「相手なんかどうでもいいから、とにかくエッチをしてみたい？」

「どうでもよくはないですけど……」

「本当？」

亜由美が身を乗りだし、眉をひそめる。

「一生記憶に残る初体験の相手が、こんなビッチでも大丈夫？」

「ビッチなんですか？」

「違うけど」

亜由美は笑った。笑うと眼尻が垂れて可愛かった。

「いつもそんな派手な格好してるんですか？」

「ううん。普段は超地味。休みの日はその反動でこんなんなっちゃう」

「お仕事は……ＯＬさんなんですよね？」

「ううん。本当はパーサー」

「パーサー？」

「新幹線のね、車内販売をしてるの」

スマホで画像を見せてくれた。紺のベストに白いブラウス、エレガントなスカーフを巻いた制服姿で、駅弁やお菓子がぎっしり詰まったワゴンと一緒に笑みを浮かべているのは、たしかに亜由美だった。異様にきちんとしていた。顔立ちは一緒なのに、人間というのは装いひとつでこんなにも印象が違ってくるのか……。

「ちょっと奥行って」

亜由美がこちらの席に移動してくる。四人掛けの席にふたりで並んで座るなんておかしな感じだったが、声量をさげたかったのだろう。「童貞、童貞」としゃべっていると、さすがにまわりが気になるらしい。

「わたし、真面目《まじめ》に童貞とお付き合いしたいと思ってるの」

ひそひそと耳元でささやかれ、拓海の心臓はドキンとひとつ跳ねあがった。

「お付き合い」とは、予想もしていなかった展開だ。セフレどころか、彼女ができてしまうということではないか。

「ってゆーのもね、いままで付き合ってきた男が、なんていうか、みんなしっくりこないのよ。女心がわかってないというか、痒《かゆ》いところに手が届かないというか……だからいっそのこと、童貞の子をわたしが一から教育してみたらどうだろう、って思いついたわけ」

驚くべき発想、と言わねばなるまい。「一から教育」とは戦慄《せんりつ》が走る。彼女に比べれば、「童貞喰《ぐ》い」の菜々子や真緒も可愛いものかもしれない。

とはいえ、亜由美が放つセックスの匂いは相当なものだった。隣に座られたら、心拍数が一気にあがった。普段、品行方正を求められる仕事をしている反動で、装いの好みばかりではなく、フェロモンまでダダ漏れになっているようだ。セクシーな香水の匂いもそうだが、吐息が妙に甘酸っぱい。おまけに、やたらとボディタッチをしてくる。太腿や肩、そのうち二の腕に乳房まで押しつけてきそうな勢いだ。

もし、自分がまだ童貞だったら……。

抗《あらが》う術《すべ》もなく「一から教育」をお願いしていたかもしれない。まだ明るい時間の銀座のカフェなのに、彼女だけが極彩色のエロティックなオーラをまとっているような感じなのだ。繁《はん》華《か》街《がい》のネオンに誘われ、訳のわからぬままふらふらと風俗店に入ってしまうように、彼女の色香にノックアウトされていただろう。

3

地下鉄で亜由美の自宅まで移動した。

臨海地区にある立派なマンションだった。やたら広々としたリビングは、まるでテレビのセットのように生活感がない。テーブルもソファセットもシックにしてスタイリッシュで、真っ赤なドレスに黒い革ジャンの女が住んでいるようなところには見えない。というか、そもそもひとりで住むには豪華すぎるのではないか？　ファミリータイプの物件で、部屋もたくさんありそうだし……。

「新幹線のパーサーって儲《もう》かるんですね？」

皮肉ではなく、素直に感嘆していた。

「なんかものすごく家賃が高そう……」

「それがなんと、タダ」

「嘘でしょ？」

「実はここ、友達のお父さんがもってる部屋なの。で、わたしは居候《いそうろう》させてもらってるってわけ。まあ、その子も東京に来たばっかりだし、すごい淋しがり屋だから、向こうからぜひってお願いされたんだけど」

「なるほど」

持つべきものは友達、ということだろうか。とはいえ、ひとり暮らしでないのなら、ちょっとまずいのではないだろうか。

「そのお友達、帰ってきたりしないんですか？」

帰ってきたら、居候があんあんよがっている声が聞こえてきた——という展開は、誰も幸福にしない。

「大丈夫。今日は地元に帰ってるし。こっちに戻ってくるのは明日の夕方じゃないかな。だから、泊まっていってもいいわよ」

「それは願ってもないお誘いですが……」

拓海はごくりと生唾を呑みこんだ。緊張で、手のひらも汗ばんできている。泊まってもいいだなんて、女に言われたのは初めてだ。

やはり、亜由美はいままで寝た女たちとは違う、ということだろう。彼女の場合、ただ単に童貞の男とセックスしたいのではなく、付き合って「一から教育」したいのだ。お眼鏡にかなったのかどうかわからないが、その方向で話が進んでいるのはたしかなようだった。

「わたしの部屋、行こう」

亜由美に手を取られ、奥の部屋に入った。

そこもまた、シンプルで洗練された雰囲気だった。まるでホテルの部屋のようで、菜々子が住んでいる白とピンクの部屋とは大違い。居候だから気を遣って模様替えしないだけなのかもしれないが……。

「拓海くん、エッチなおねえさん好き？」

亜由美が革ジャンを脱いだ。真っ赤なミニドレスは、胸元や肩を大胆に出すデザインだったので、肌の白さが眼にしみた。

「そりゃあ……嫌いな男なんていないんじゃないでしょうか……」

しどろもどろに答えると、

「じゃあ、わたしもエッチなおねえさんに変身してほしいでしょう？」

ニヤニヤと笑いながらスカートの裾をつまんで揺らす。

「わたしね、マッサージされるとすごいエッチな気分になるの。オイルマッサージなんてされたらもう、濡れて濡れて……おかげで、エステに行くのも二の足踏んじゃうくらい」

「マッサージすればいいんですか？」

「お願いできる？」

「やったことないので、下手だと思いますけど……」

「下手でもいいの。気分が大事なのよ」

「わかりました」

「じゃあ、準備をするから、少し外で待ってて」

拓海はいったん部屋を出された。十分ほどして、「どうぞ」と声がかかった。

照明が、ピンク色に変わっていた。いきなり淫靡な雰囲気に豹変していた。変な匂いがするのはお香が焚《た》かれているからだ。眩暈《めまい》のするような空間に、亜由美は立っていた。見覚えのあるレモンイエローのビキニ姿で……。

「どう？」

亜由美が得意げにモデルのようなポーズをとる。

「この写真見て、『イイネ』押してくれたんだもんね？　嬉しくない？」

「はあ……」

うなずきつつも、拓海の胸には不安がひろがっていくばかりだった。たしかに、パーサーをしている写真は真面目そのものだった。悪い人ではないのかもしれない。しかし、この状況はあきらかに異常だ。ピンクの照明、むせてしまいそうなお香の匂い、レモンイエローのビキニ……いったいどういう人なのだろう？

「じゃあ、お願いします」

拓海の手にマッサージオイルのボトルを渡すと、亜由美はタオルを敷いてあるベッドの上にうつ伏せになった。腰のくびれと尻の盛りあがりがすごかった。太腿のむっちり具合もエロすぎる。どういう人であろうが、男心を揺さぶるボディの持ち主であることは間違いない。拓海は訳もわからぬまま、ジャケットを脱ぎ、両手にマッサージオイルを馴染《なじ》ませた。

「しっ、失礼します……」

どこから始めればいいか迷ったが、とりあえずふくらはぎに触れた。素肌の感触が異様になめらかで、拓海の心臓は早鐘を打ちだす。オイルをすべらせ、膝に向かって手のひらを移動していく。ピンクの照明を浴びて、ふくらはぎがヌラヌラした光沢を放つ。

とりあえず、左右の脚ともふくらはぎから膝までマッサージした。次は太腿である。緊張に指がこわばる。勇気を振り絞って揉みはじめる。

「あんっ……」

亜由美が声をもらした。

「やだもう、いまの声、ちょっとエッチだったね……」

振り返って笑顔を見せた。拓海もこわばった笑顔を返しつつ、太腿を念入りに揉みこんでいく。弾力のある肉の感触が、どうしたって尻や乳房の揉み心地を想像させる。太腿に触れた瞬間から、痛いくらいに勃起していた。鼻息が荒くなっていくのを誤魔化すように、オイルを手に取る。分量がよくわかっていないので、亜由美の両脚はもう、いやらしいくらいに濡れ光っている。

亜由美の反応も、徐々に変化していった。拓海の指が太腿の付け根に迫ると、「あんっ」とか「うんっ」とか声をもらし、身をよじる。太腿を揉むために両脚を少し開いてもらったので、拓海にはビキニの股布が見えていた。下着よりは厚い生地とはいえ、隠している面積は下着と同じだ。鮮やかなレモンイエローの生地の奥には、女がいちばん感じる部分が隠されている。

「つっ、次はどこを揉みましょうか？」

訊ねると、

「お尻、お願い」

亜由美は顔を伏せたまま答えた。

「わたし、お尻がすっごく凝《こ》るのよ。ぎゅうぎゅうやってかまわないから」

「……了解です」

大胆なリクエストにたじろぎつつも、拓海は両手にオイルを馴染ませた。オイルを使っているということは、水着の上からではなく、素肌を直接マッサージしなければならないだろう。丸く盛りあがった巨尻を包んでいるレモンイエローの水着の下に、両手をすべりこませていった。いやらしすぎる丸みを撫でまわし、揉みしだく。

これは愛撫ではなくマッサージである――と拓海は自分に言い聞かせていた。まだ前戯の前戯の段階なので、欲望のままに手指を動かしたら、亜由美にスケベな男と思われてしまうに違いない。

だが、当の亜由美はしきりに身をよじり、声をもらしている。あきらかに、太腿をマッサージしていたときより、リアクションが淫らになっている。

まさか尻肉がとびきりの性感帯なのか？　一瞬そう思ったが、どうやらそれは違うようだった。拓海の手指が腰に近づくほど、ビキニの股布がTバック状になり、股間に食いこむせいなのだ。

これは愛撫ではなくマッサージだった。そんなことはわかっていたが、欲望をこらえきれなくなった。

拓海は尻肉を揉むふりをして、わざと股布を股間に食いこませた。意識はもはや、手のひらではなく手首の上側にあった。そこにビキニパンティがひっかかっているので、クイッ、クイッ、とリズムをつけて刺激を送りこんでやる。

「あぁっ……くぅうっ……」

亜由美が身をよじる。うつ伏せになっているのに、呼吸がはずんでいるのがはっきりとわかる。

鼻先で女の匂いが揺らいだ。お香の変な匂いを押しのけて、生々しい発情のフェロモンがむんむんと漂ってきた。

「もっ、もういいっ！」

唐突に亜由美が体を起こした。拓海は紅潮した亜由美の顔を見ていたが、亜由美は拓海の股間を見ていた。ズボンの前は、恥ずかしいほど大きなテントを張っていた。

一瞬の沈黙があった。お互いに眼を泳がせていた。このままセックスに雪崩《なだ》れ

こむのかもしれない、と拓海は身構えた。しかし亜由美は、

「今度は前をお願い」

そう言って、あお向けに横たわった。

「胸を揉んで。わたし、胸もすごく凝るから」

嘘つけ！　とさすがに拓海は胸底で突っこんだ。たしかに亜由美は巨乳だったが、胸が重くて凝るのは肩だろう。

しかし、余計な口はきかず、胸を揉みはじめた。手のひらにたっぷりとオイルを取り、もちろんビキニの下の生乳に指を食いこませた。

「くうぅっ！」

亜由美はいやらしい悲鳴をあげるのだけはこらえたが、あきらかに感じていた。眉根を寄せ、小鼻を赤くして、ハアハアと息をはずませている。

拓海は緩急をつけて乳肉をじっくりと揉んだ。尻肉よりもずっと柔らかくて、指が簡単に沈みこんでいく。ビキニを取って揺らせば、皿に盛ったプリンのようにプルンプルンと揺れるだろう。

拓海の指は、じわじわと乳首に近づいていった。そうしつつ、なかなか触れて

やらないと、亜由美が薄眼を開けてこちらを見てきた。なにか言いたそうな顔をしていた。早く触って、と顔に書いてあった。

そうなると焦らすのがセオリーだが、ビキニのせいで正確な位置が見えず、触ってしまった。

「あああっ……」

薄眼を開けたまま眉根を寄せた亜由美の顔がいやらしすぎて、さらに刺激せずにはいられなくなった。

拓海の指はマッサージオイルでヌルヌルだった。その指で乳首を転がされるのはさぞ気持ちよかろうと、やっている拓海でも思うほどだった。人差し指と親指でつまんでも、ツルンと抜けていく。その刺激がたまらないらしく、亜由美はもう、あえぐことを我慢できない。

「ああっ、いやっ……いやいやいやっ……」

もちろん、嫌がっているわけではなく悦んでいる。オイルのすべりを利用して、拓海は爪を使って乳首をくすぐってみた。それもまた、たまらなかったらしい。亜由美は声をあげながら眼を見開き、こちらを見つめてきた。拓海もまた欲情にたぎった眼で見つめ返した。視線と視線がぶつかりあい、からみあった。

マッサージの時間は、そろそろ終了らしい。

4

キスをする寸前、亜由美は口を開き、舌を出してきた。唇と唇を重ねることさえ、待ちきれないようだった。彼女の口の中は、驚くほど唾液があふれていた。欲情の証左《しょうさ》かもしれないと思うと、拓海も奮い立たずにはいられなかった。

亜由美はキスがうまかった。

正確に言えば、拓海の知っている誰よりもいやらしいキスをした。舌の動きがエロティックだった。積極的にからめてきては、歯や歯茎《はぐき》や口内粘膜まで舐めまわしてくる。

拓海は圧倒された。クンニの練習はオナホールでできても、キスはそうはいかなかった。相当場数を踏んでいそうな亜由美には敵《かな》わない。とはいえ、拓海のぎこちない舌の動きは、亜由美を悦ばせたようだった。

「ふふっ、童貞のキスって感じ」

口のまわりについた唾液を、舌でペロッと舐めた。

「亜由美さんのキスは、とってもエッチですね」

「そうよ。キスが大好きなの。舌出してごらん」

拓海が舌を差しだすと、亜由美はチューッと強く吸ってきた。眼を白黒させた拓海を見て、楽しげに笑った。

「でも、キスよりもっと好きなこともあるよ」

意味ありげな眼つきでささやく。

「服を脱いで、オチンチン出しなさい。舐めてあげるから」

拓海は大きく息を吸いこんだ。あれだけいやらしいキスをする亜由美だから、フェラだって最高にエロいだろう。

しかし、せっかくマッサージでイニシアチブをとりかけたのに、ここで攻守交代はいただけなかった。拓海は一から教育され、手懐《てなず》けられるためにここにいるわけではないのだ。上から目線の童貞好きをひいひい言わせ、返り討ちにするために彼女に「イイネ」を押したのである。

「どうしたの？　フェラが怖いの？」

「そっ、そういうわけじゃないですが……マッサージがまだ、終わってませんから」

「えっ？」

「まだマッサージしてないところがあるじゃないですか？」

拓海は言い、視線をビキニパンティに向けた。亜由美は、ははーん、という感じで笑った。

「なるほどね。女のあそこに興味があるのね。童貞っぽいなあ」

「なにしろ見たことがないもので」

「わかった。じゃあ、好きにしていいよ」

笑う瞳が濡れていた。亜由美にしても、フェラテクを披露するより、クンニのほうに興味があるのかもしれない。童貞の下手なクンニ……下手どころか、人妻殺しのクンニだとすぐにわからせてやるが……。

「失礼します」

レモンイエローのビキニパンティをおろしていく。どこまでおろしても白かった。パイパンだ。想定外のことではなかった。なにしろ彼女は、ナイトプールでブイブイ言わせているパーティピープルなのである。

だが一瞬、パーサー姿の画像が、脳裏をよぎっていった。制服姿で駅弁を売っている彼女がパイパンだと思うと、なんとも言えない気分になった。今度新幹線に乗ったとき、車内販売がやってきたら勃起してしまいそうだ。

それに……。

パイパンはやはり、見た目が途轍もなくいやらしい。脚を閉じているとなおさらそうだ。太腿をぴったりと合わせていても、割れ目の上端がちょっと見えている。淫靡にくすんだアーモンドピンクの花びらが……。

拓海は亜由美の両脚をひろげていった。彼女の抵抗はなかった。両手で顔を隠《かく》したりもしない。だがやはり恥ずかしいようで、M字開脚に押さえこむと、さっと両手で股間を隠した。

「見たい？」

眼つきも卑猥にささやいた。

「見たいです」

拓海がうなずくと、両手をゆっくりと離していった。恥ずかしいのではなく、からかってきたようだった。菜々子や真緒や詩織と同じ人種であることは、もはや確定である。

「ほら見て」

亜由美の花が、露わになった。パイパンなだけに、清潔感あふれる花だった。と同時に、尖らせた唇のような姿がいやらしすぎる。花びらは大ぶりで肉厚、結合したときの弾力が、生々しく想像できる。

拓海はむしゃぶりつきたい衝動をぐっとこらえ、再びマッサージオイルを両手に馴染ませた。亜由美はマッサージをされるとエッチな気分になるらしい。ならばどこまでエッチになるのか、見せていただこう。

まずは内腿を撫でまわした。クンニをされると思っていた亜由美はちょっと残念そうな顔をしたが、ヌルヌルしたオイルの感触に眉根を寄せる。続いて拓海は、爪を立ててくすぐった。オイルと爪の相性はいいらしく、普通のフェザータッチより、いやらしくくすぐることができる。されているほうも感じるらしく、それは見ていてはっきりわかる。

「んんっ……くぅうんっ……」

亜由美はしきりに腰をくねらせている。パイパンの股間を丸出しにした状態なうえ、ピンクの照明に照らされているので、見るからに卑猥な光景だ。拓海は内腿から膝に向かって何度も指先を往復させながら、亜由美の花をむさぼり眺めた。

さすがに内腿をくすぐっているだけでは蜜を漏らしたりしなかったが、奥にはたっぷりと溜めこまれているはずだ。いまこの瞬間にも、新鮮な蜜が……。

「そんなに見ないで……」

亜由美が震える声で言った。

「さすがにそんなにジロジロ見られると、恥ずかしい……」

恥ずかしいのではなく、早く肝心な部分に刺激がほしいのだろう。自分の直感が当たっているかどうか確認するために、拓海は言った。

「生まれて初めて見るから、どうしたってジロジロ見ちゃいますよ」

「でも……」

「恥ずかしいところ申し訳ないですが、できれば自分でひろげて奥まで見せてくれますか？」

「いやらしいな、もう……」

亜由美は呆れた顔をしながらも、すんなりと右手を股間に伸ばしていった。やはり彼女は、刺激がほしかったのだ。自分の指でもいいので、触りたかったのだ。ただ内腿をくすぐられているだけの生殺し状態から、脱出したかったのである。

「あああっ……」

割れ目の両端に人差し指と中指をあてた亜由美は、逆Vサインをつくって奥を見せてきた。薄桃色の粘膜がトロトロに蕩け、アヌスに向かって蜜が垂れた。

「すごい濡れてます……」

「興奮してるのよ。あなたみたいな見るからに童貞の子、探してたんだから。ひと目見た瞬間、ここがズキズキ疼きだしたくらい……」

正直な人だと思った。拓海もカフェで隣に座られたとき、ちょっと勃起してしまったので、好感がもてる。

「でも、恥ずかしいでしょ？　奥まで見られて」

「そりゃそうよ。恥ずかしいに決まってるでしょ」

「もっと恥ずかしいことしてください」

「はっ？」

「だって、マッサージされるとエッチなおねえさんに変身するんでしょ？」

「それは……そうだけど……」

「僕のイメージでエッチなおねえさんっていうと、男にオナニーを見せつけて燃えちゃう人なんですけど」

「なんなのよ、そのイメージ」

「童貞ですから」

「そっ、そうなの？　童貞ってそんな馬鹿なこと考えてるの？」

言いつつも、右手を動かす。中指が、割れ目の上端に添えられる。くねっ、くねっ、と動きだし、

「あああっ……」

亜由美は顔を歪めた。感じているのか、さすがに恥ずかしいのか、歪んだ顔がみるみる真っ赤に上気していく。その間も、指は動きつづけている。セックスが好きなのは画像一枚で伝わってきたが、オナニーもまた大好きなのだろう。

拓海も右手を伸ばしていった。亜由美がいじっているクリトリスの下あたりを、

中指でコチョコチョとくすぐった。

「あううう―っ！」

亜由美が喉を突きだしてのけぞる。拓海は穴の入口をねちっこくいじりながら、ヌプヌプと指先を出し入れした。まずは浅瀬を、それから奥に向かって、濡れた肉ひだの層に中指を埋めこんでいく。上壁のざらついた部分を探す。

「ダッ、ダメッ……そこはっ……」

身悶《みもだ》えた亜由美は、オナニーを続けていられなくなった。指を離されたクリトリスが淋しそうだった。もちろん、淋しい思いはさせない。拓海はすかさず顔を近づけ、舌で転がした。もちろん、つるつるした舌裏で……。

「はっ、はぁうううう―っ！」

亜由美の背中が弓なりに反り返る。ガクガクと腰が震えている。

拓海は焦らずじっくりクリトリスを舐め転がした。そうしつつ、蜜壺に埋めた中指でGスポットを刺激する。ぐっ、ぐっ、ぐっ、とリズムをつけて押しあげれば、人妻殺しの二点同時攻撃が完成する。

「ダッ、ダメッ！　ダメようううう―っ！」

亜由美は焦った顔で首を振り、すがるような眼を向けてきたが、拓海は涼しい顔でスルーした。

セックスはまだ、始まったばかりである。

5

女を燃えあがらせる極意は「焦らし」にあるという。女が欲しがるまで頑張って感じさせ、欲しがったらすっと手を引く。この繰り返しが女に正気を失わせるほどの興奮を与えるという。

ネットで読んだだけの情報だが、信憑性《しんぴょうせい》はある気がした。舌裏によるクリ舐めと、Gスポットへの刺激を同時に行っていると、亜由美は手脚をジタバタさせてよがりによがり、あっという間に絶頂に達しそうになった。「イキそう」「イッちゃう」という言葉を何度も聞いた。

焦らしてみた。イキそうになると、クリ舐めをやめ、蜜壺から指も抜いた。もどかしげに身悶える亜由美の太腿を、フェザータッチでくすぐりまわした。包皮を剝きってプルプル震えているクリトリスも、涎《よだれ》じみた蜜をこんこんと漏らしている割れ目も、もう淋しそうではなく、ただエロいだけだった。

「意地悪しないで……」

五、六度の焦らしで、亜由美の泣きが入った。

「イカせてくれたっていいでしょ？　イキそうって言ってるんだから、やめないでちょうだいよ……」

涙ぐみ、恨めしげにそうささやく亜由美は、もはやこちらが童貞であることを忘れているようだった。頭の中は目の前にぶらさげられた絶頂のことでいっぱいらしいが、そうはいかない。忘れているなら思いだしてもらおう。

「でも、僕ももう、我慢できなくなってきて……」

拓海はようやく服を脱いだ。ブリーフまで一気に脚から抜くと、仁王立ちになって亜由美を見下ろした。

亜由美は呆然と眼を見開き、こちらを見上げてきた。臍《へそ》を叩く勢いで反り返っているペニスに、熱い視線を感じた。

「筋トレしてるんだ？　立派な筋肉……」

完全なる棒読みで、亜由美は言った。細マッチョなボディのことなど、彼女は一ミリも考えていない。目の前に差しだされたペニスをどう料理してやろうか——そのことしか頭にないのは、一目瞭然だった。

「舐めてあげるね……」

熱でもあるようにぼうっとした顔でペニスを握ろうとしたが、

「いや、それよりも、もう童貞を捨てたいです」

拓海は亜由美を制し、ベッドにあお向けで横たわった。

「奪ってください。僕の童貞」

亜由美が生唾を呑みこんだのを、拓海は見逃さなかった。肉食系の彼女は、おそらく自慢のフェラチオで童貞を翻弄したいに違いない。生まれて初めての快感でひいひい言わせてやろうと思っていないとは、絶対に言わせない。

ただ、彼女も興奮のピークにいる。何度も絶頂を逃して、さっさとイキたいと思っている。ひいひい言わせるなら上の口でも下の口でも同じ、と考えがあらたまっていくのは必然だった。むしろ、フェラチオ以上に騎乗位の腰振りには自信があるかもしれない。童貞好きは騎乗位好きなのだ。

「いいわよ」

亜由美は親指の爪を噛みながら言った。眼が泳いでいた。あくまでこちらの願いを叶えてやるためという態度だったが、挿入への期待で胸をドキドキさせている音が聞こえてきそうだった。拓海はコンドームを用意してきていた。それを出そうとすると、今日は安全日だから大丈夫と返ってきた。

またもや生挿入に中出しの幸運だ。

亜由美がレモンイエローのビキニブラをはずした。巨乳にして軟乳の乳房は、いやらしすぎる揺れはずみ方をした。全体の大きさに対して、あずき色の乳首は小さかった。小さくても物欲しげに尖って、感度は高そうだ。

またがってきた。片膝を立てた姿がいやらしかった。同じ騎乗位でも、本当にいろいろな繋がり方があるものだ。片膝を立て、ペニスに手を添えて結合の準備を整える亜由美の姿は、エロさの中に慎《つつ》ましさが垣間見えてそそった。単にそれがいちばんやりやすいだけなのかもしれないが、両膝をついていたら普通だし、両脚を立てていたらエロすぎる。

「いくわよ」

亜由美はまなじりを決してこちらを見てきた。彼女なりに、ひとりの男の初体験の相手となる覚悟を決めたようだった。パーティピープルなのに真面目なところもある人なのだ。童貞が真っ赤な嘘とも知らないで――拓海は腹の中でペロリと舌を出した。

「んんんっ……」

亜由美が腰を落としてくる。パイパンでも片膝を立てているので、結合部が見えづらい。しかし、自分のペニスが彼女の体の中に沈んでいくのはわかる。ペニスがどんどん見えなくなっていく。かわりに、亀頭やカリのくびれに、ヌメヌメしたいやらしい感触が襲いかかってくる。

「ああああーっ！」

最後まで呑みこんだ亜由美は声とともに大きく息を吐きだし、立てていた片膝を前に倒した。

「どう？」

まぶしげに眼を細め、得意げでありながら少し恥ずかしそうに言った。

「全部……入っちゃったよ……」

拓海が言葉を返せないでいると、亜由美は軽く眉を寄せながら、腰を動かしはじめた。まずはゆっくりとグラインドさせた。結合感を確認するかのようなその動きだけで、亜由美の呼吸はハアハアとはずみだした。腰の動きが変わった。グラインドから前後運動に移行すると、ずちゅっ、ぐちゅっ、と淫らな肉ずれ音が拓海の耳に届いた。濡らしすぎているのだ。

それが恥ずかしかったのだろう。

「あああぁっ……はぁああっ……」

亜由美はことさらに声をあげ、腰を振りたててきた。声のあげ方はわざとらしくても、腰振りのピッチがあがっていく様子は迫力があった。わざとらしい大声に、腰の動きを追いつかせる感じだ。

「ああっ、いいっ！　いいわっ！　童貞のオチンチン、とっても気持ちいいっ！」

気持ちがいいのは、童貞のペニスだからではない。亜由美がクンニで何度もイキそうになり、焦らしてイカせてもらえなかったからだ。溜まりに溜まっていた欲望が、いま爆発しているだけの話である。

とはいえ、イチモツを褒められて嬉しくない男はいない。お返しするために、両手を彼女の胸に伸ばしていった。プルン、プルルン、といやらしいほど揺れはずんでいる双乳の先端をつまんでやった。

「ああっ、いやあああーっ！」

巨乳があまりに揺れるので、乳首をつままれただけで相当な刺激なのだろう。亜由美の顔がみるみる真っ赤に染まっていく。呼吸が荒くなり、半開きの唇から絶え間なく悲鳴があがる。もうわざとらしくない。むしろ声音は切迫していくばかりで、と同時に、腰の振り方もレッドゾーンに突入していく。

たまらなかった。

同じ騎乗位でも人それぞれに結合の仕方があるように、結合感にも違いがある。ひと言で言えば相性だ。性器の角度とか、身長体重とか、理由はいろいろあるだろうが、拓海にとって、騎乗位は亜由美がいちばん気持ちよかった。重たいヒップを錘《おもり》のように使い、振り子運動のように前後に動く。

このまま出してしまいたい、という衝動が何度もこみあげてきた。亜由美もそろそろイキそうだし、一緒にイクならそれはそれで悪くないのではないか……。

しかし、本来の目的を忘れるわけにはいかなかった。亜由美は正真正銘、童貞をもてあそぶ悪魔だった。童貞を一から教育とまで言い放った。許すわけにはいかなかった。童貞をナメてかかるとどんなしっぺ返しがくるか、骨の髄《ずい》まで思い知らせてやらなければならない。

「ねっ、ねえ、拓海くんっ……」

亜由美が切羽つまった眼を向けてきた。

「わっ、わたしっ……わたしもうっ……」

イキそう、という言葉が続くであろうことは容易にわかった。拓海はすかさず、彼女の両膝に両手を伸ばした。イクならイクで、もっと恥ずかしい格好を披露《ひろう》してもらおうと、両脚をM字に割りひろげる。

「ああっ、いやっ！　恥ずかしいっ！　こんな格好っ……」

言いつつも、亜由美の腰は動いている。ただ、M字開脚になると、前後運動はやりづらい。M字開脚にはピストン運動だ。拓海は腹筋に力をこめ、下から連打を打ちこんだ。

「はっ、はぁうううう̄っ！」

亜由美が悲鳴をあげ、髪を振り乱す。

「ダメダメダメえええーっ！　イッちゃうっ！　そんなことしたら、すぐイッちゃうううーっ！」

あられもなく両脚を開き、パイパンの結合部を見せつけた恥ずかしい姿で、亜由美は果てた。ガクンッ、ガクンッ、と全身を震わせる激しいイキ方だった。イッている女は美しい。拓海は見とれながら、さらなる闘志を燃やした。膝を立て、腰を浮かせて、さらに結合を深めたのである。

「いっ、いやあああああーっ！」

亜由美は驚いて眼を見開いた。彼女はすでに、絶頂のピークに達していた。女は普通、そのタイミングで少し休みたがる。乃々果とのセックスで、それは経験済みだった。乃々果がぐったりすると、拓海は動きをとめた。乃々果がやさしい女だったからだ。残念ながら亜由美は、こちらが気を遣いたくなるほどやさしくない。

筋トレで体を鍛えてきたのはこのときのためとばかりに、拓海は下から連打を打ちこんだ。怒濤《どとう》の連打で亜由美を翻弄した。こちらが腰を浮かせているので、亜由美も中腰になっている。拓海が腰を引くと、体重がかかって下に落ちてくる。そこをすかさず突きあげる。体感で、普通の騎乗位より一・五倍は深く突ける。亀頭にコリコリした子宮があたっている。

「あああっ、やめてっ！　許してっ！　もうイッてるのっ！　イッてるってばあああああーっ！」

半狂乱で首を振る亜由美だが、ただ苦しいだけではなさそうだった。あきらかに感じていた。その実感は突きあげるたびに高まっていった。ブルンブルンと巨乳を揺らし、パイパンの股間にペニスを打ちこまれながら、体中を痙攣させている。喜悦に歪んだ悲鳴が、拒絶の悲鳴を遮る。蜜壺も締まりを増してきた。熱く新鮮な蜜を大量に漏らしながら、勃起しきったペニスにぴったりと吸いついてくる。

「あああっ、いやっ……いやいやいやあああああっ……またイッちゃうっ！　またイッちゃうよおおおーっ！」

喉を突きだしてしたたかにのけぞると、ビクンッ、ビクンッ、と腰を跳ねさせた。連続絶頂に達したことは間違いなかったが、あまりに激しく腰を跳ねさせたので、ペニスがスポンと抜けてしまった。

嘘だろ……。

亜由美をイカせたら射精するつもりだった拓海は、泣きそうな顔になった。射精欲が限界まで高まっているのに、突然刺激が取りあげられたのだ。亜由美は向こう側に倒れてしまい、協力は望めそうになかった。拓海は射精がしたくて身をよじった。するための方法はひとつしかなかった。

「おおおっ……おおおおおーっ！」

自分でペニスを握ってしごいた。数秒前まで蜜壺にずっぽりと埋まっていたイチモツはヌルヌルし、自分のものとは思えないほどいやらしい触り心地がした。フルピッチでしごきたてれば、蜜と我慢汁がブレンドされたものが包皮に流れこんできて、ニチャニチャと卑猥な音がたった。恥ずかしがっている暇はなかった。拓海はもう一度野太い雄叫びをあげ、天井に届きそうな勢いで白濁液を噴射した。

第六章　気持ちがいいってもっと言って

1

拓海はリビングのソファにゆったりと身をあずけていた。

亜由美の友達の父親は、おそらくかなりの資産家なのだろう。柔らかな革の感触も座り心地も極上のソファであり、ブリーフ一枚で淫らな汗を付着させてしまうことが申し訳なかったが、まだ体が火照っているのでTシャツを着る気にはなれなかった。

「はい」

亜由美が缶ビールを差しだしてくる。彼女がプルタブをあげたので、拓海もそうした。乾杯するつもりはないようだった。黙って飲みはじめたので、しかたなく、拓海も缶を口に運んだ。ごくごくと喉を鳴らして飲んでしまう。すさまじく美味だった。セックスのあとはビールもこんなにうまいのか——またひとつ、大人の階段をのぼった気分になる。

亜由美は立ったままだった。ぶんむくれた顔をしている。ちょっと可愛い。寝巻き代わりなのだろう、ライムグリーンのキャミソールを着ていた。透けているので、たわわな乳房のシルエットが浮かんでいる。下は同色のパンティ。そそる格好だ。いますぐ二回戦に突入してもかまわない。

「どうしてあんなことするのよ？」

むくれた顔で、恨みがましく睨まれた。

「わたしイッてるって言ってるのに……」

「童貞ですから」

拓海は真顔で答えた。

「わからなかったんです。亜由美さんが本気でやめてほしいと思ってるって……」

「女の子はね、一回イッたらちょっと休みたいの。常識じゃない、そんなこと」

「童貞ですから」

「本当に？　なんかわたし、信じられなくなってきちゃった……」

亜由美は深い溜息をつき、拓海の隣に腰をおろした。

「クンニだってうまかったし、下からあんなにガンガン突いてくるなんて……」

「でも亜由美さん、童貞っぽい童貞っぽいって、何度も僕をからかってましたよ」

「それはそうだけど……」

亜由美は唇を尖らせて下を向いた。完全に疑っているようだった。無理もないが、証拠もない。処女と違い、童貞は証明するのが極めて難しい。

「ちょっと冷たいんじゃないですか、亜由美さん」

拓海は声音をあらためて言った。

「僕はいまさっき、清らかな童貞を亜由美さんに捧げたんですよ。そんな男に対して、童貞詐称《さしょう》の疑いをかけるなんて」

亜由美は困ったように眼を泳がせる。

「亜由美さん、童貞を一から教育したかったんでしょ？　してくださいよ。一度イッたら休みたいってことも含めて。童貞なんだから、僕はそういうこと全然わからないんです。教えてください、一から……」

「いいけど……」

亜由美はまだむくれた顔をしていたが、少しは疑いが薄らいだようだ。

「あんなにエッチがうまいんじゃ、教えることなんて……」

「二度と僕なんかとセックスしたくないですか？」

「そんなこと言ってないでしょ」

亜由美はまっすぐに顔を向けた。

「わかった。かなり疑わしいけど、疑わしきは罰せずよね。童貞だったって、信じてあげる。むくれてごめん。仲直りしよう」

眼を細めて、唇を差しだしてくる。正直な人だな、と拓海は思った。童貞だったことを信じているというより、彼女はただ、もっとセックスがしたいのだ。自分の欲望に正直なのである。

彼女がもっとセックスしたい理由は明白だった。訳がわからないうちに二度も絶頂に追いこまれ、不本意だったのだ。本当なら、ああいうこともできたし、こういうこともできた、という思いがあるのだろう。過ぎてしまったことにプンプン腹をたてているより、次こそ納得いくセックスがしたいに違いない。

拓海に異論はなかった。拓海にしても、いまのセックスは不本意だった。せっかく中出しの許可を得ていたのに、自分でしごいてフィニッシュというのはあまりにも情けない。

それに、亜由美の騎乗位のうまさに溺《おぼ》れ、焦らすことを忘れていた。本当なら、いろいろと体位を変えて長い時間楽しみたかった。騎乗位であれほど相性がよかったのだから、正常位だってそうだろう。バックや立ちバックはどうだろうか。乃々果としたような、女が片脚をあげるやり方で、亜由美も燃えるだろうか……。

チュッ、と音をたてて軽いキスをした。

「僕こそすいませんでした。教わっている身でありながら、生意気なこと言って」

「いいのよ」

見つめあった。理由はそれぞれにしろ、ふたりの思惑《おもわく》は一致していた。亜由美の瞳が濡れてくる。拓海もすでに息苦しいほど興奮している。ブリーフの中が窮屈でしようがない。先ほどのセックスでいちばん不本意な思いをしたのは俺じゃないかと言わんばかりに、痛いくらいに勃起している。

キスをした。それが彼女の癖なのか、唇と唇を密着させる前に、また舌を出してきた。拓海も舌を出してからめあった。亜由美のキスはやはりいやらしい。今度はフェラチオもしてもらおうと胸が躍る。

そのときだった。

玄関の方から物音がして、足音が続いた。

「ねえ、亜由美っ！　ちょっと聞いてよーっ！」

声を張りながら、女がリビングに入ってきた。この部屋の持ち主の娘に違いなかった。信じられなかった。驚愕《きょうがく》のあまり、拓海は動けなかった。亜由美もまた、金縛りにあったように固まっている。

2

萩野佐代子《はぎのさよこ》というのが、この部屋の持ち主の娘の名前だった。

彼女が名乗ったので名前だけはわかったが、それ以外の情報は、亜由美の友達ということしか拓海にはわかっていない。亜由美の口ぶりでは、同じ地方の出身で、幼馴染《おさななじ》みや同級生のような感じだったが……。

「どういうことなの？」

鬼の形相《ぎょうそう》で仁王立ちになった佐代子の前で、拓海と亜由美は正座していた。拓海はブリーフ一枚、亜由美は扇情的《せんじょうてき》なキャミソール姿のままだった。さあ二回戦というタイミングで佐代子に踏みこまれたとき、拓海の穿いていたブリーフは盛大にテントを張っていた。言い訳をしようにも一目瞭然、問答無用の場面だった。

「ねえ、亜由美、わたしと約束したよね？　お互いに男だけは絶対に連れこまないって。どうしてそんなにすぐ約束破るの？　まだ同居始めて二カ月よ」

「……ごめん」

亜由美は完全にうなだれている。拓海なりに状況を推測すれば、亜由美にとって佐代子は、亜由美が地味で品行方正なキャラのときの友達なのである。派手な装いを佐代子には見せないし、ナイトプールでパーティピープルをやっているのも、別筋の友達となのだろう。

なぜそう思ったのかと言えば、佐代子があまりにも真面目な女に見えたからである。着ているニットやロングスカートも野暮《やぼ》ったいし、銀縁メガネまでかけている。髪も真っ黒ければ、化粧っ気もない。区役所とか信用金庫とか、どう見てもお堅い職場に勤めていそうだ。

「……あの人、なにしてる人なんですか？」

下を向いて小声で亜由美に訊ねると、

「……高校教師」

絶望的な答えが返ってきた。教師といえば聖職中の聖職であり、道徳やモラルを重んじる正義の人に決まっている。見つかった相手が悪すぎる。

「ちょっと亜由美。よけいなこと言わないっ！」

佐代子が怒声をあげる。ただ、仁王立ちになって怒り狂いながらも、亜由美との友情は偽物ではないらしく、うなだれて肩を震わせている姿を見ていられないようだ。となると、怒りの矛先は必然的に拓海に向けられることになる。

「あなたは何者なのかしら？」

眉をひそめて睨《にら》まれた。

「何者と言われましても……昼はスーパーの野菜売り場に勤め、夜はジムで筋トレに励《はげ》んでいる、つまらない者です」

「そのつまらない者が、どうして人の家で勝手にいやらしいことをしてるわけ？」

「申し訳ございません」

深々と頭をさげたが、土下座くらいではとても許してもらえない雰囲気だ。

「亜由美とはいつから知りあいなの？」

「今日からです」

「どうやって知りあったわけ？」

「マッチングアプリで」

「あー、もう！　呆れてものも言えない」

佐代子は天を仰《あお》ぐと、檻《おり》に入れられた猛獣のように、その場でぐるぐるとまわりだした。

「マッチングアプリで知りあったばかりで即セックス……いったいどこまで乱れてるわけ？　あなたには常識ってものがないの？　そういういい加減なことをして、傷つくのはいつだって女の子なのよ」

亜由美がうなだれたまま、チラリと拓海を見た。ごめんと顔に書いてある。知りあった経緯を話せば、彼女が傷ついていないことくらいすぐわかる。なにしろ「童貞カモン！」なのである。

「まったくもう、男って生き物はこれだから嫌なのよ。ハサミでちょん切ってあげたいわ、あなたのパンツの中のもの」

「かっ、勘弁してくださいよ……」

拓海は泣き笑いのような顔で佐代子を見上げた。

「ここが亜由美さんだけの部屋じゃないことを知っててあがりこんだのは謝ります。それは僕が悪かったです。でも、セックスそのものは悪いことじゃないでしょ？　なんでもかんでも性的なものは排除しようとする昨今の風潮は、いかがなものかと思いますけど」

「なんですってっ！」

「まあまあ、まあまあ」

亜由美が立ちあがって佐代子をなだめた。

「この子はそんな悪い子じゃないのよ。ヤリチンでもなんでもなくて……童貞なの。どうしても童貞を卒業したいって頼まれたから、わたしがひと肌脱ぐことにしたのよ」

「……童貞ですって？」

ほんの少しだけ、佐代子の顔色が変わった。それを見逃さなかった亜由美が、なにかを閃《ひらめ》いたように眼を輝かせた。

「そうよ、童貞なのよ。わたしたちが始める前にあなたが帰ってきちゃったから、まだピカピカの童貞のまま。ねえ、佐代子。筆おろしの役、あなたに譲《ゆず》ってあげましょうか？」

「譲ってあげるって……わたしにこの男とセックスしろっていうの？」

「そうよ。チャンスじゃない？　処女を捨てる」

「ちょっとっ！」

佐代子が真っ赤になって声を荒げたが、亜由美は怯《ひる》まなかった。

「こんな状況になっちゃったから、もう本音で話させてもらう。ねえ、佐代子。二十七にもなってヴァージンとか、マジやばいよ。あなたが教えている生徒たちだって、男子も女子もセックスには興味津々なの。なのにあなたのほうはセックスのセの字も知らなくて、どうやって生徒をまっとうに導けるのよ」

「だからって……」

「佐代子言ってたじゃない？　自分が処女なんだから、相手は童貞じゃなきゃ絶対いやだって。こっちがまっさらなのに、向こうが経験者なんてあり得ないって……これはチャンスなのよ。このチャンスを逃したら、あなたもう、延々と処女のままよ。ようやく正式に教員になって、部活の顧問《こもん》の話とかもあって、これからどんどん忙しくなるのに、恋愛なんかしてる時間なんてあるわけないじゃない。そのうち二十八、二十九、三十……三十路《みそじ》の処女なんて考えただけでゾッとするけど、それよりも相手がいなくなる。いまどき童貞なんて高校生くらいしかいないんだから。あなた、下手したら道を踏み外して淫行教師になっちゃうかもしれないよ」

亜由美の言っていることは滅茶苦茶だった。しかし、佐代子の心には響くものがあったらしく、唇を真一文字に引き結んで考えこんでいる。

「その点、この子は優良物件。二十二歳だし、顔はともかく筋トレで鍛えたボディはそれなりに魅力あるし、これ以上の童貞なんて日本中探したって、絶対にもう二度と見つからない……経験しちゃいなよ、セックス。重い処女なんて今日で捨てちゃって、明日から軽やかに生きていきなよ」

「ううう っ……」

佐代子はいよいよ唇を嚙みしめて泣きそうな顔になった。亜由美は彼女の背中をさすりながら、静かに切々《せつせつ》と訴えた。

「ねえ、佐代子、わたしはなにも、あなたを責めてるわけじゃないよ。でも、心配なの。あなたが毛嫌いするほど、セックスって悪いものじゃない。それを知ってほしいだけ。わたし、誰がなんと言おうと、佐代子だけは一生友達だと思ってる。思いだしてよ、高三のときの文化祭。実行委員として一緒に頑張ったこと、わたし、一生忘れない。佐代子もそうでしょ？　だから家賃滞納でアパート追いだされそうになったわたしを、ここに居候させてくれたんでしょ？」

亜由美は泣いていた。佐代子も銀縁メガネをはずして涙を拭《ぬぐ》う。抱きあって、号泣しはじめる。

拓海はひとり、取り残されていた。完全に蚊帳《かや》の外だった。あまりにも訳のわからない展開に、できることならひとりでこっそり逃げだしたかった。

3

シャワーを浴びてリビングに戻ると、しんと静まり返った中、亜由美がひとり、ソファに座っていた。拓海と眼が合うと、黙って両手を顔の前で合わせた。ごめん、ということだろうし、うまくやって、という気持ちもこめられているのだろう。続いて、ある方向を指差した。佐代子の部屋がそっちなのだろう。拓海も無言のまま、亜由美に背を向けた。

それらしき部屋の扉をノックする。「どうぞ」とやけに低い、ぞんざいな声が返ってくる。

「失礼します」

おずおずと扉を開け、中に入った。佐代子の部屋は、亜由美の部屋と似たような造りだった。違いは壁一面の本棚だった。洋書も多い。英語の先生なのかもしれない。

「座って」

佐代子が指差したのはベッドだった。デスクの前の椅子には佐代子が座っていたので、ベッド以外に座るところはなかった。

拓海は黙って腰をおろした。気まずかった。彼女とふたりきりになるのは初めてだった。会話だって、糾弾《きゅうだん》されたことだけ。拓海が蚊帳の外の状態で、佐代子は拓海を相手に処女を捨てることを決意したのだ。

「わかったよ、亜由美。わたし、彼とセックスしてみる。処女を捨てる。心配かけて本当にごめんねっ！」

泣きながら絶叫した佐代子の台詞が、いまも耳底に残って離れない。亜由美のタフ・ネゴシエーターぶりにも驚かされたが、見ず知らずの男との初体験を受け入れた佐代子には度肝《どぎも》を抜かれた。おそらくふたりの間では、佐代子がまだヴァージンであることが、たびたび話題になっていたのだろう。亜由美がそれを心から心配していたのも事実なのかもしれない。それにしても……。

「勘違いしないでもらいたいですが……」

佐代子が横顔を向けたまま言った。

「わたしはべつに、あなたの人格に興味をもったわけではありません。顔だってまったく好みじゃない。ただ、親友の亜由美にあそこまで言われたので、受け入れることにしただけです」

彼女は拓海より先に、シャワーを浴びていた。湯上がりの肌に、パイル地の真っ白いバスローブを着けていた。高級ホテルにありそうなやつだ。

「それじゃあ、チャッチャと始めましょうか」

投げやりに言って立ちあがった。口調とは裏腹に、両脚が震えていた。表情も険《けわ》しい。険しいのに、眼の下が赤くなっている。

拓海も立ちあがって身を寄せていこうとすると、

「待って！」

佐代子は手で制して後退った。

「……先に脱いでもらえる？」

「いいですけどね……」

バスローブなんて貸してもらえるわけがなかった拓海は、普通に服を着ていた。Tシャツと綿パンを脱ぎ、靴下まで脚から抜く。

「そっ、それも脱いで」

亜由美に言われ、拓海はブリーフも脱ぎ捨てた。イチモツは勃起していなかった。しているわけがない。正座させられたときの佐代子の鬼の形相がまだ記憶に新しい。怖くてまっすぐに顔も見られない。

「……なにそれ？」

佐代子が不満そうに言った。

「それでセックスできるわけ？」

「いや、それは……まだ気持ちが高まっていないので……」

「亜由美とイチャイチャしていたときは、パンツを穿いたままでも勃っていたのがわかったわよ。亜由美が相手だとああなって、わたしが相手だとそうなわけ？」

複雑な乙女心に閉口した。たとえ親友でも、女として下に見られるのはプライドが許さないらしい。

「だからイチャイチャしてれば勃ちますよ。亜由美さんはすげえエッチな格好してたし」

佐代子は眼を吊りあげたまましばし押し黙っていたが、やがておもむろにバスローブのベルトをといた。バスローブを脱ぎ捨てると、モスグリーンに金銀の刺繍が施されたセクシーランジェリーが現れ、拓海は息を呑んでしまった。あきらかに舶来《はくらい》の高級品とわかる色合いと光沢をもっていた。フランスあたりの貴婦人が、舞踏会で着ているドレスを彷彿させる下着である。

処女とはいえ、下着には贅沢をするタイプなのだろうか？　先ほどの私服のセンスを見るに、そうとは思えなかった。処女なりの、勝負下着なのだろう。いつか訪れるベッドインに備えて……。

そう思うと、健気さに胸が熱くなったが、下着について考えていたのは、全部で一秒くらいに過ぎない。ボディラインのほうが、遥《はる》かに素晴らしかった。細身でしなやか、手脚の長いモデル体型。バレリーナみたいなのに、胸にはしっかりとボリュームがあり、素肌の白さはまぶしいくらいだ。これほどそそるボディをしているのに、二十七歳まで処女だったなんて、もったいないとしか言い様がない。

「あっ……」

佐代子が眼を丸くした。股間がむくむくと隆起していったからだ。完全に反り返るのと同じタイミングで、佐代子の顔が真っ赤に染まった。銀縁メガネの奥で、眼が泳いでいた。戸惑い、困惑、不安、恥ずかしさ……複雑な感情に、表情が揺れる。

「ベッドに入りませんか」

拓海が声をかけると、佐代子はうつむいたままうなずき、照明のスイッチをオフにした。真っ暗になってしまったので、スタンドライトをつけた。さすがにこの部屋には、ピンク色の照明はないようだった。

ベッドにエスコートするために肩に触れようとすると、佐代子はビクッと身をすくめた。怯《おび》えた顔で睨まれた。

「すっ、すいません……でもその……僕も初めてなんで……そこんところよろしくお願いします」

もちろん嘘だったが、佐代子は童貞を相手に処女を捨てることを長い間願っていたらしい。夢を壊すわけにはいかない。いつも以上に、童貞らしく振る舞う必要がある。とはいえ、相手は処女。童貞を偽るのはできるとしても、上手《うま》く処女を奪うことができるだろうか？　ものすごく痛いらしいし……。

佐代子は何度か深呼吸してから、ベッドの布団にもぐりこんだ。拓海も続く。心臓が早鐘を打っている。

布団にくるまりながら、顔と顔とが接近した。佐代子の頬が赤く染まっていた。千々に乱れる感情を隠すように、銀縁メガネの奥の眼つきは険しい。亜由美にあそこまで言われ、意地になっていることは間違いない。実際に二十七で処女という状況がコンプレックスでもあるのだろう。

だが、あまりに痛々しくて、拓海はそっとささやいた。

「やっぱ、やめておいたほうがいいんじゃないですか？」

亜由美が佐代子に処女喪失を勧めたのは、居候の分際で男を部屋に連れこんだことを誤魔化すためだった。ならば、その目的はすでに遂げられている。いますぐ退散したところで、佐代子が先の件で亜由美に詰め寄るとは思えない。

「どうしてそんなこと言うのよ?」

「いや、だって……佐代子さん、つらそうな顔してるし……」

「べつにつらくなんかありませんけど。たかがセックスじゃないの。それをしたことがないくらいで、ああまで言われることに絶望したんです、わたしは。だったら、経験してあげる。経験すれば馬鹿にされないんでしょう?」

「やけくそじゃないですか?」

「やけくそでもなんでも、やればいいんでしょ、やれば」

「僕みたいなのとやけくそでするより、好きな人と燃えるような恋をして、もっと甘いムードの中、初体験を迎えたほうが……」

自分で言った言葉に、拓海は胸を締めつけられた。拓海にしても、好きな人と燃えるような恋をして、甘いムードで童貞を捨てたかったからだ。

「なんなのよ、あなた。要するに腰が引けたわけ? わたしみたいな女とセックスするのが嫌なんでしょ?」

「そんなことありませんよ……僕は男だし、とにかく童貞を捨てたいっていう思いがありますけど、佐代子さんは女じゃないですか？」

「ひどい差別。女だってとにかく処女を捨てたい場合があるの」

「そうかもしれないですけど……」

拓海は深い溜息をついた。先ほどから、少し気になることがあった。佐代子は銀縁メガネをかけたまま、横向きに寝ている。メガネのツルが枕に押しつけられて、曲がってしまいそうだ。

「……なっ、なによっ！」

佐代子が身をこわばらせた。拓海がメガネをはずそうとしたからだ。

「いや、その……メガネ、曲がっちゃいますよ？」

そんなことか、という感じで、佐代子は溜息をついた。今度は、拓海がメガネをはずすのを拒《こば》まなかった。素顔が初めて露わになった。

けっこうな美人だった。レンズの関係で小さく見えていた眼が、メガネをはずすと急に大きくなった。切れ長で睫毛が長く、漆黒の瞳に吸いこまれてしまいそうな魅力がある。

しかも、ほぼノーメイクなのだ。拓海は女の化粧が嫌いではないが、すっぴんにしてここまでの端整な美貌というのも、珍しいのではないだろうか。

「ジロジロ見ないでよ……」

佐代子は睨んでこようとしたが、急に息を呑んだ。拓海のペニスがビクンと跳ねて、彼女の太腿にあたったからだ。

「こんなに近くにいたら、他に見るものありませんよ」

「変なところを動かすのもやめて」

「わざとじゃないですって」

「じゃあなんで動くの？」

「それは……」

拓海は息をつめ、混乱する頭を整理した。最初のセックスは好きな男としたほうがいいと彼女に進言したけれど、本当にそうだろうか？

拓海の童貞喪失もかなり唐突なアクシデントだったが、後悔しているかと問われれば否《いな》と答える他ない。目の前に、新しい世界がパーッとひろがった。相手はともかく、セックスという行為は素晴らしいものだった。それを教えてくれたことについては、菜々子に感謝しなければならないだろう。

「なんで変なところが動くのかって訊いてるの！」

「佐代子さんの素顔が綺麗だからです」

佐代子はハッと眼を吊りあげた。罵倒《ばとう》の言葉が飛んできそうだった。しかし同時に、みるみる顔が赤くなっていった。耳まで真っ赤になって、言葉が口から出てこない。

4

拓海は唇を近づけていった。佐代子は真っ赤に染まった顔をこわばらせながらも、キスを拒まなかった。処女を捨てたいという覚悟は本物のようだった。拓海は舌を差しだし、佐代子の唇の合わせ目を舐めた。なかなか口を開いてくれない。拓海はキスを中断し、恨みがましい眼つきで佐代子を見た。

「なによ？」

「口開けてください」

佐代子は一瞬迷ってから、大きく口を開いた。歯医者に診断されるときのような、色気もなにもない開け方だった。

「舌も出して」

やはり色気のないやり方で、ダラリと舌を出した。色気がなくても、舌さえ出してもらえればこっちのものだった。拓海はすでに、うまいキスの仕方を知っている。淫らな気分になるキスを……。

亜由美の真似をすればいいのだ。

「……んっ！」

軽く舌を吸ってやると、佐代子は眼を見開いた。かまわずねちっこく舐めまわす。佐代子の舌が逃げれば、口内まで追いかけていき執拗にからめていく。

そうしつつ、体もまさぐりだした。ブラジャーとパンティしか着けていない佐代子は、素肌の露出が多い。こちらは全裸なので、脚や腹部の素肌をこすりつけるようにしながら、薄い背中をさすり、華奢《きゃしゃ》な肩を撫でる。

「んんっ……んんんっ……」

舌を吸われて、佐代子が鼻奥で悶《もだ》える。しかし、こわばっていた顔は次第にいやらしく歪みはじめ、眉根を寄せたりしている。

気持ちはよくわかった。拓海も生まれて初めて異性と素肌をこすりあわせたとき、なんとも言えない心地よさを感じた。快楽というのとは少し違うが、たまらなく心地よかったのだ。

佐代子がいま、それを感じてくれているのかどうかはわからない。だが、感じてほしい。セックスはやけくそでするものではなく、もっと素晴らしいものだ。菜々子、真緒、詩織、乃々果、亜由美――言いたいことは多々あれど、出会ってベッドインしたことが、今日の自分の糧《かて》になっている。

「んんんっ……ううんっ……」

佐代子が身をよじりだした。無意識にだろうが、もっと刺激を求めているようだった。おずおずと、ブラの上から乳房を揉んでみた。モスグリーンの生地はシルクかサテンで、高貴な光沢があり、綺麗な刺繍でデコレイトされていたが、パッドが薄い気がした。もみもみと指を動かすと、生々しい弾力が伝わってきた。

「ああっ……」

佐代子が声をもらす。それが恥ずかしかったらしく、唇を引き結んでしまう。

それではディープキスができない。しかたなく、拓海はささやいた。

「ブラジャー、はずしてもらっていいですか?」

実は乃々果に練習させてもらったのだが、童貞が片手でブラのホックをはずしたらおかしいだろう。佐代子はこわばった顔で両手を背中にまわすと、もぞもぞしながらホックをはずした。めくれる状態になったカップをめくると、たわわに実った真っ白い肉房が姿を現した。

素晴らしい乳房だった。メロンのように丸々として、見るからに表面はなめらかそう。なにより、色の白さが眼を惹《ひ》く。いままで寝た女の中でもいちばんかもしれない。乳首なんて、地肌に溶けこんでしまいそうな半透明の薄ピンクだ。

あるいは……。

いままでどの男にも触れられたことがないという事実が、ことさらに白く輝かせて見えるのかもしれなかった。拓海は足跡のない雪原に踏みこむような気分で、白い肉房を裾野《すその》のほうからすくいあげた。

「くっ……」

佐代子が唇を引き結ぶ。声を出すのは、やはり恥ずかしいらしい。ならば、恥ずかしさも忘れるくらい、感じさせてやればいいだけだ。

拓海は得意のフェザータッチで、丸い隆起をくすぐった。いつも以上に繊細に、触るか触らないかぎりぎりの力加減で、裾野から頂点に向かって愛撫していく。もどかしい刺激に、佐代子が身をよじる。唇を引き結び、しかめっ面をしていても、次第に呼吸がはずみだす。

拓海は彼女の表情を確認しながら、しつこくフェザータッチを繰り返した。頂点にはまだ触れていない。それにしても、本当に清らかな色合いの乳首だった。二十七歳でもセックスをしていなければ、女の乳首はこんなにも綺麗なのか？

とはいえ、いつまでも見とれているだけでは先に進まない。拓海はタイミングを見計らい、両の乳首をそっと撫でた。

「あああっ！」

佐代子はさすがに声を放った。しかも、そっと撫でただけなのに、左右の乳首は鋭く尖った。まるで刺激されるのをいまや遅しと待ち構えていたようだった。それほど浅ましい感じで、ピンと突起したのである。

まったく……。

色合いはどこまでも清らかなのに、反応は敏感ですぐに尖る——男の夢がぎゅっと詰まったような乳首と言う他ない。

拓海は爪を使ったフェザータッチをやめ、指腹で乳首を撫で転がした。撫で転がせば撫で転がすほど、硬くなっていった。佐代子は激しく身をよじり、拓海の首根っこにしがみついてきた。彼女が自分からしがみついてくるなんて、理性が崩《くず》れかけている証拠だった。

拓海はすかさず彼女の下半身に右手を伸ばしていった。本当ならその前に乳首を吸いたかったのだが、首根っこにしがみつかれていてはしかたがない。モスグリーンのパンティに包まれたヒップを撫でまわし、太腿にも手のひらを這わせる。肌はなめらかでも、火照っているのがはっきりわかる。もじもじ動いているのをいなしながら、太腿と太腿の間に手のひらを差しこんでいく。

「脚、力抜いてください」

ささやくと、恨みがましい眼つきで睨んできた。しかし、処女を捨てるのは彼女の望むところなのだ。それに、睨む眼つきに、次第に感情がこめられなくなっている。いまにも焦点を失いそうで、瞳がねっとりと潤《うる》んでいる。

佐代子が力を抜くと、拓海は両脚をそっとひろげた。ほんの少しだけでよかった。まずはパンティの上から、股間を愛撫するつもりだったからである。

佐代子が穿いているモスグリーンのパンティは、色合いも高貴な感じなら、触り心地も上品だった。こんもりと盛りあがった丘を中指で撫でただけで、うっとりしてしまった。

もちろん、下着の生地《きじ》の感触のせいだけではないが、すりっ、すりっ、と指を動かすほどに、陶然《とうぜん》となっていく。高貴な色合いの生地の向こうから、妖しい熱気が放たれはじめる。

濡れている、と直感した。処女だからといって性欲がないわけではない――それを確認できたことが、拓海はたまらなく嬉しかった。

5

いよいよパンティを脱がすときがやってきた。

相手が処女だと思うと緊張もマックスに高まっていくが、あまり意識しないほうがいいかもしれない。何事もリラックスして臨《のぞ》んだほうが、結果は得てして良好なものだ。もちろん、丁寧に扱わなければならないことはたしかだが、それはどの女だって一緒なのだ。

布団を剝ぐと、火照った体にひんやりした空気があたって気持ちよかった。佐代子の顔は生々しいピンク色に染まっていたし、拓海もまた、淫らなほど赤面をしていただろう。モスグリーンのパンティの両脇をつかんだ。じわじわとおろしていくと、思った以上に早いタイミングで黒い毛が見えた。

「おっ、お尻持ちあげてもらえます？」

佐代子に協力を願いつつ、さらにパンティをおろしていく。ずいぶんと毛深い。生えている面積も広い。毛質が太くて長く、縮れは少ないが艶はある。パンティを太腿までおろすと、全貌がうかがえた。パンティの下に、もう一枚毛糸のパンツを穿いているような感じ——と言ったらちょっと大げさだが、見たこともないほど黒々とした草むらであることは間違いない。

すごい生えっぷりですね、とはもちろん言わなかった。こっちが冗談のつもりで言っても、絶対に通じないと思ったからだ。

そんなことより、先に進まなければならない。両脚を開こうとすると、佐代子は力を込《こ》めてきた。予想はついたことだが……。

「脚を開かないとセックスできませんよ」

「そう言われても……」

佐代子は弱りきった顔で言った。

「体が動かないのよ。脚の力を抜こうと思っても抜けないの」

「……やめますか？」

佐代子はまばたきしながら眼を泳がせ、

「ここまでされて後には引けないわよ……」

震える声で言った。

「だってこんな格好見られちゃって……いまわたし、本当に死にたくなるほど恥ずかしいのを我慢《がまん》してるんだけど、なのに処女を捨てられなかったら……馬鹿みたいどころか、完全に馬鹿よ」

とはいえ、体が動かなくては先に進めない。クンニもできなければ、挿入も無理だ。どうしたものかと、拓海は考えた。いいアイデアかどうかはわからないが、ひとつ試してみたいやり方を閃いた。

「うつ伏せになってもらえますか？」

拓海も協力し、あお向けから体を反転させた。

「膝を立てられますかね、このまま……」

腰を引っぱって、四つん這いの格好に導く。佐代子は訳がわかっていないようだったが、訳がわからないおかげで、関節などは動いた。あお向けで脚を開けば、ひっくり返ったカエルのような格好で股間をすべて露わにすることになる。それは処女でもありありと想像でき、想像力が金縛りを生む。だが、四つん這いになるとどうなるか、経験ゼロでは想像力も働かない。

「なっ、なんなのっ……」

いつの間にかワンワンポーズをとらされていた佐代子は、泣きそうな顔になった。一方の拓海は、興奮に身震いがとまらなくなった。犬のような四つん這いになった佐代子は、あお向けのときよりずっとエロティックだった。もし世の中に「四つん這い美人」というコンクールがあるなら、間違いなく金メダルだ。

しかも、そのポーズが男にはたまらなく卑猥に見え、女にとってはすさまじく恥ずかしいことに、佐代子はだんだん気づいてきた。おそらく、お尻の穴あたりがスースーしているのだ。スースーしているということは、丸出しになっているということなのである。

拓海は佐代子が反応できないうちに、行動に出る必要があった。尻の桃割れをぐいっとひろげ、アヌスもろとも女の花を剝きだしにしてしまうのが、いちばん簡単なやり方だったが、処女にはちょっと可哀相だ。

だが、クンニはしたい。誰も触れていないまっさらな処女地を存分に舐めまわしたいという理由もあるが、佐代子を感じさせてやりたい。処女だって、クリトリスは感じるはずだからだ。

「ちょっとだけ脚開いてもらっていいですか？」

そうしてもらって、体をねじりこんだ。あお向けで、佐代子の股間の下に自分の顔がくるようにした。正常位のクンニ——その天地をひっくり返した体勢である。ちょっとアクロバティックだが、これなら後ろから舐めるよりもやりやすい。

「なっ、なんなのっ？　なんなのようっ……」

佐代子は焦りに焦っている。剝きだしの股間に、男の吐息を感じているのだから焦るに決まっている。それでも動かないのは、また金縛りに遭っているのかもしれない。四つん這いのまま、体が固まってしまったのだ。

これはチャンスだった。いまのうちにクンニを進めて、メロメロに感じさせてしまえばいい。とはいえ、四つん這いの下半身の下にもぐりこんでいるのだから、暗かった。おまけに、類い稀なほど毛深い草むらが、女の花のまわりまでびっしりと生えていて、どこを舐めていいのかわからない。

わからないままに、拓海は顔を近づけていった。鼻をくすぐってくる陰毛の感触がいやらしすぎた。そこに顔を埋めれば、強烈な匂いが漂ってきた。発情のフェロモン、なんて生やさしいものではない。腐ったヨーグルトのような、強烈な発酵臭だ。セックスを経験したことがない女は、性器を丁寧に洗う習慣がないという話を聞いたことがあるが、そのせいなのか。これもまた、ひとつの処女の証《あかし》……。

とはいえ、あまりのきつさに、眩暈《めまい》がした。鼻で呼吸をしないようにしつつ、草むらの中を探索する。びっしりと茂った毛の中に、むんむんと熱気がたちこめている。湿気もすごい。まるで熱帯雨林のジャングルだ。

目視に頼れないまま、舌を差しだした。ねろり、と舐めてみると、くにゃくにゃした貝肉質の感触にあたった。

「いやあああーっ！」

佐代子が悲鳴をあげる。逃げられないように、拓海は下から尻の双丘をがっちりつかまえた。

貝肉質＝花びらだろうから、とりあえずそれを舐めた。ペロペロと舐めまわした。どこになにがあるのかわからなければ、がむしゃらに舌を動かすしかなかった。そのうち、構造が想像できるようになることを期待した。

舐めていると、新鮮な蜜があふれてきた。あっという間にヌルヌルになった。それはよかったが、舌を動かしているので、鼻呼吸を中断していることは難しかった。しかし、処女の性器を舐めているという興奮と、湿り気を帯びた毛に顔中を撫でまわされていることで、なにもかもどうでもよくなっていく。

とにかくクリトリスを見つけなければならない。処女なので、包皮の上からでかまわない。そこを必殺の舌裏舐めで刺激してやれば、かならずや状況は変わってくるはず……。

「はおっ！」

佐代子がおかしな声をあげた。同時にビクンッと腰が跳ねた。手応《てごた》えを感じた。いま舐めたあたりを、舌裏でレロレロと刺激してみる。

「あおおおーっ！　やっ、やめてっ！　やめてくださいっ！　ああっ……」

言葉とは裏腹に、声音があきらかに喜悦で震えていた。感じているのは間違いなさそうだった。舌裏がクリトリスにあたっているのだ。この突起だろうか？　おそらくまだ包皮を被っているし、毛にも守られている。やさしく、やさしく、と自分に言い聞かせながら、集中的に責めたてる。

「いっ、いやあああああーっ！」

佐代子は絶叫すると、尻に鞭《むち》を入れられた牝馬《ひんば》のように暴れだした。四つん這いから体を反転させ、あお向けになった。呆然とした表情で長い黒髪をかきあげながら、ハアハアと息をはずませている。自分の体になにが起こったのか、わからないのだろう。放心状態の様子で、両脚を閉じることさえ忘れている。

チャンスだった。

拓海はすかさず彼女の両脚の間に腰をすべりこませた。もちろん、いきなり貫いたりはしなかった。上体を被せ、顔を近づけて、やさしく髪を撫でてやりながら、佐代子の様子をうかがった。

「大丈夫ですか？」

答えない。

「気持ちよくなかった？」

曖昧《あいまい》に首をかしげる。

「もう充分に濡れてますから入れてもいいと思いますが、もうちょっとクンニを続けてもいいです。どっちにします？」

「……入れて」

佐代子は蚊《か》の鳴くような声で答えた。

「クンニは……恥ずかしすぎます……気持ちよくないことはないけど……さすがに……耐えられない……」

「わかりました」

彼女もそのうち「クンニをしない男は女の敵」とか言いだすような気がしたが、無理強《むりじ》いをするつもりはない。

拓海は上体を起こすと、勃起しきったペニスを握りしめ、切っ先を濡れた花園にあてがった。といっても、剛毛に隠れていてよく見えない。亀頭をすべらせて入口の位置を探る。おそらくここだろうと、狙《ねら》いを定める。

佐代子を見た。両手で顔を覆っているかと思ったが、こわばった顔をこちらに向けているだけだった。

「……痛いんでしょう？」

頬をひきつらせながら言った。

「わかりませんよ、僕には……すごく痛いってよく言いますけど……」

「死ぬほど痛いらしいわよ」

「どうしろっていうんですか？」

「痛いって言ってもやめないで」

佐代子はまなじりを決して言った。

「泣いても叫んでも途中でやめないで。それだけは約束して。わたしは今日、処女を捨てたいの」

「……わかりました」

彼女の言葉を、拓海は厳粛な気持ちで受けとめた。にわかに佐代子のことを、同志のように思えてきた。彼女がどういう女なのかまったく知らないけれど、ふたりはいま、力を合わせて大仕事を成し遂げようとしているのだ。

「……あっ！」

上体を被せ、挿入しようとした瞬間、とんでもないことに気がついた。

「ゴム、着けてませんけど……」

拓海はいままでコンドームを着けた経験がなかった。すべてがそういう成りゆきだったわけだが、おかげでいまのいままで気がつかなかった。

しかし、この状況で避妊しないのは、さすがに彼女に悪いだろう。コンドームならしっかり持っているのだ。……まずい。あるにはあるが、上着ごと亜由美の部屋だ。

「着けますね。着けたほうがいいでしょう？　でも、僕持ってないんですよ。亜由美さんが持ってるって言ってたから、貰ってきます……」

体を起こそうとすると、佐代子に抱きつかれた。ふたりの体の間で、弾力のある乳房が潰《つぶ》れた。

「ゴムなんていい。このまま入ってきて。わたしもうすぐ生理だから大丈夫。中で出してもいい」

「……マジすか？」

「お願い。わたしを信じて。子供なんてできないから。それより、いまの流れを壊したくないの。せっかく覚悟を決めたのに、体を離したらまた脚を閉じて金縛りに遭うかもしれないじゃないの」

「……わかりました」

拓海はうなずくしかなかった。そこまで言われて紳士面《しんしづら》を貫けるほど、聖人君主ではなかった。それに、拓海にとって中出しこそが本物のセックス、と感じられたように、佐代子にも似たような思いがあるのかもしれない。

「いきますよ」

お互いにまなじりを決して見つめあっていた。拓海は息をつめて腰を前に送りだした。経験したことのない感触が亀頭に返ってくる。やすやすと入れそうもない。これが処女の感触なのかと昂《たか》ぶりながら、覚悟を決めた。力業《ちからわざ》で強引に突破するしかない。女を痛い目に遭わせるのは本意ではないが……。

思いきり、突きあげた。佐代子が悲鳴をあげながらしがみついてくる。拓海も抱擁に力をこめ、むりむりとペニスをねじりこむ。処女膜との攻防戦だ。負けるわけにはいかない。ずぶっ、という感触がした。奪った、という実感があった。

そのまま根元まで埋めこみ、ストロークを開始した。佐代子は泣いていた。泣きじゃくっていた。「ダメッ！」「やめてっ！」「抜いてちょうだいっ！」とも口走っていたが、やめなかった。拓海にできることは、一刻も早く射精に達することだけだった。女の反応に気遣うことなく、ただひたすらに……。

これもまた、セックスなのだろう。女はこの痛みを乗り越えないと、性を謳歌《おうか》するパスポートを手に入れることができない。菜々子と真緒のいじわるな笑顔が脳裏をよぎった。童貞をからかうことが、たまらなく楽しそうだった。詩織に至っては、「処女を奪われたときの記憶が最悪」で、その「復讐」がしたかったと、はっきり言っていた。

いまなら三人の気持ちがわかる。不公平だと思っているのだ。男は気持ちいいばかりで、女は泣きわめくほど痛いという、この構図が。

「なっ、なによっ？」

佐代子がハッと眼を見開いた。顔にしたたる涙で、我に返ったらしい。

「なんであなたが泣いているのよ？　痛くて泣いてるのはこっちなのよ」

「だって……」

熱い涙があふれていく。

「佐代子さん、可哀相で……僕は気持ちいいのに……佐代子さんを痛がらせて……男ばっかり気持ちよくなって……」

「気持ちいいの？」

「気持ちいいですよ。最高ですよ……」

嘘ではなかった。だからこそ、佐代子を泣きじゃくらせている矛盾に耐えられなくなり、涙が出てきてしまったのだ。

「もっと言って」

「えっ？」

「気持ちがいいなら気持ちがいいって、もっと……」

「きっ、気持ちがいいですっ！」

声の限りに、拓海は叫んだ。

「気持ちいいですよっ！　最高ですよっ！」

佐代子がうなずく。うなずきながら、歯を食いしばって痛みをこらえている。涙をいっぱいに溜めた瞳から、メッセージが伝わってくる。もっと気持ちよくなってと。それがいちばん嬉しいのだと……。

やがて、お互いに泣きじゃくりはじめた。泣きじゃくりながら、拓海は腰を振りたて、佐代子は痛みをこらえている。だが彼女の涙はもう、ただ痛みによるものではない。セックスを知った悦びもあるだろう。長い間のコンプレックスだった、処女の呪縛から脱出できた解放感もあるかもしれない。

だがいちばんは、相手が気持ちいいからだ。気持ちがいいから、拓海は腰を振る。勃起しきったペニスを抜き差しする。その一打一打が、痛みとは裏腹の歓喜を呼び起こす。相手に求められているという歓喜を……。

「もっ、もう出ますっ！　出ちゃいそうですっ！」

拓海が叫び、佐代子がうなずく。

「でっ、出るっ！　もう出るっ！　おおおっ……うおおおおおーっ！」

雄叫びをあげて、最後の一打を打ちこんだ。清らかな処女地に向けて、煮えたぎる男の精をぶちまけた。放出した瞬間、雷に打たれたような快感があった。ドクンッ、ドクンッ、と射精を続けながら、体の芯が痺《しび》れっぱなしだった。身をよじりながら、拓海は最後の一滴まで絞りだした。

これほどの快感は、他の誰とも経験したことがなかった。佐代子は泣いているだけだったのに……いやらしい反応なんてまったくなかったのに……。

エピローグ

「申し訳ございませんでした」

拓海はリビングで土下座した。謝っている相手はソファに座っている佐代子、そして亜由美である。

「実は僕、童貞じゃありませんでした。ニセ童貞だったんです。つい最近まではリアル童貞だったんですが、ひょんなことから喪失しまして、その後にいろいろあって、童貞を騙るとセックスしてくれる女が多いことに気づいて……」

菜々子、真緒、詩織、乃々果との顛末《てんまつ》を、かいつまんで話した。さすがに、亜由美のことだけは言えなかったが、それ以外はすべて正直に話した。

「なんか悔しいな、って思ったんです。童貞好きの女って、とくに最初の三人は、男って生き物に嫌悪感があるみたいで……なのにすげえエッチでセックスが好きなんですけど、そういう女の人にもてあそばれたのが悔しくて、童貞ハンター・ハンターになることにしたんです。こっそりテクニックを磨《みが》いたりして……」

謝った理由は、罪悪感に耐えられなくなったからだった。泣きじゃくるほどの痛みに耐えながら、拓海の欲望を受けとめてくれた佐代子に対し、いくらなんでもあんまりだと思った。

彼女は童貞を相手に処女を捨てることが願いだったので、夢を壊すような告白をするのは間違っているのかもしれない。実際、亜由美は「よけいなこと言わなくていいのに」という顔をしている。だが、そういう立場を表明してしまうと、話がややこしくなると思ったのだろう。亜由美は拓海を糾弾《きゅうだん》してきた。

「やっぱりね。どうもおかしいと思ったのよ。わたしはともかく、あなたは佐代子に、ひどい嘘をついたことになるのよ」

一緒にセックスした事実を隠している共犯関係にあっても、童貞を騙って亜由美を抱いたことも事実なので、彼女の舌鋒《ぜっぽう》は鋭かった。

「いったい、どう落とし前つけるわけ？　女の一生に一回の経験を穢《けが》しておいて……お金はなさそうだから、坊主にでもなる？　それくらいしないと佐代子の気は納まらないわよ。ねえ、佐代子。こいつ、どうしてくれる？」

佐代子はうつむいたまま声を出さない。先ほどからずっとそうだ。すさまじい勢いで罵声《ばせい》を浴びせられるとばかり思っていたので、その沈黙が怖かった。普通に考えれば、声も出せないほど傷ついているということだろう。

「坊主になれというのなら、そうします。他に謝罪の方法があるなら、なんでもさせていただくつもりです。とにかく、嘘をついたまま立ち去ることだけはできませんでした。童貞ハンター・ハンターも、もうやめようと思います。だから、どうか勘弁してください……」

もう一度、深々と頭をさげ、顔をあげた。亜由美はソファから立ちあがってくるりと背を向け、自分の部屋に入っていった。佐代子はその場にいたが、うつむいたまま顔をあげない。言葉を交《か》わすどころか、眼も合わせてくれない。

拓海は立ちあがって玄関に向かった。靴を履《は》こうとしているところで、上着を引っぱられた。佐代子だった。うつむいたまま、上着の裾をつかんでいる。拓海は凍りついたように固まった。

「……なっ、なにか？」

上ずった声で訊ねた。

「わたし、知ってたから……」

亜由美の部屋まで届かないような、小さな声で言った。

「あなたが童貞じゃないって、知ってた……」

「どっ、どうして？」

さすがにやりすぎたか？　いくら処女でも、あんなおかしなクンニをすれば、こいつは経験者だと見抜かれて当然か？

だが、どうやらそういうことではないようだった。

「わたし、今日は地元に帰ってたんだけど、お昼ごはんのときに母親と喧嘩《けんか》して、早々にこっちに戻ってきちゃったの。ここについたの、三時半くらいだったかな。そうしたら、亜由美の部屋からおかしな声が聞こえてきて……経験がなくても、ああいう声ってわかるでしょう？　わたしびっくりして外に出たの。汗が出るまで近所をぐるぐる歩きまわって、疲れたから駅前のカフェで飲みたくもないコーヒーを飲んで、さすがにそろそろ終わってるだろうって時間を見計らって、もう一回帰宅をやり直したのよ。玄関でわざと大声出して……」

「そっ、そうだったんですか……」

「だからあなたが経験者だって知ってた。少なくとも亜由美としてたってことは……わたしが知らないと思ってあなたを押しつけてきた亜由美もちょっとひどいけど、あれは彼女なりにわたしのこと考えてくれてのことだから……実際、このままだとヴァージンのまま三十歳とかになりそうだったし……わたし、男の人とふたりきりで会うのがダメなの。緊張して異常に無口になるか、自分勝手にプンプン怒りだしちゃうか、どっちか。普通に恋愛してベッドインなんて絶対に無理だって、自分がいちばんよくわかってた。だから、亜由美の話に乗ったわけ。このチャンスを逃したら次はないって……」

上眼遣いでチラリとこちらを見た。銀縁メガネに上眼遣いは似合わなかった。その下の顔は、可哀相なくらい真っ赤に染まっていた。

「だからおあいこ。嘘つき同士。反省も後悔もしなくていいわよ。間違っても、坊主になんてしないでね」

拓海はどういう顔をしていいかわからなかった。自分と同じように、彼女もまた、罪悪感に耐えられなくなって、すべてを正直に告白したのだろうか？

罪悪感の裏側にあるのは、好意に他ならない。憎たらしい相手に、罪悪感をもつ者なんていない。拓海にしても、佐代子に好意をもっていた。射精の瞬間、強く感じた。人を好きになるのってこういうことかな、と胸を揺さぶられた。童貞を騙って処女を奪えてラッキー、とニヤつくことはとてもできなかった。

佐代子はいつまでも、拓海の上着を離さなかった。その手に触れると、佐代子は拓海の手を握ってきた。言葉はなく、視線さえ合わさなかったが、いつの間にか、指をからめあう恋人繋ぎになっていた。

この作品は徳間文庫のために書下されました。
なお本作品はフィクションであり実在の個人・団体などとは一切関係がありません。

徳間文庫

チェリーに首《くび》ったけ！

2020年3月15日 初刷

著者 草《くさ》凪《なぎ》優《ゆう》

発行者 平野健一

発行所 株式会社 徳間書店

〒141−8202 東京都品川区上大崎三−一−一
目黒セントラルスクエア

電話 編集〇三(五四〇三)四三四九
販売〇四九(二九三)五五二一

振替 〇〇一四〇−〇−四四三九二

印刷 製本 大日本印刷株式会社

ISBN978-4-19-894545-9 （乱丁、落丁本はおとりかえいたします）

徳間文庫の好評既刊

草凪 優

おもかげ人妻

書下し

藤《ふじ》木《き》賢《けん》人《と》は浮かれていた。大手自動車メーカーの愛らしい受付嬢・沢《さわ》井《い》麻《ま》里《り》奈《な》との逢瀬《おうせ》に夢中になっていた。十五歳年下の初《うい》々《うい》しい肉体の反応にメロメロなのだ。そんななか、キャリアウーマンである藤木の妻・沙《さ》絵《え》子《こ》に不倫の疑いが浮上する。相手は沙絵子の独身時代の上司で岡《おか》島《じま》という男だ。愛欲に溺れるダブル不倫の果てに賢人と沙絵子が見たものは……。書下し官能サスペンス長篇。

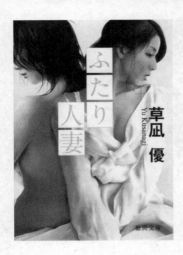